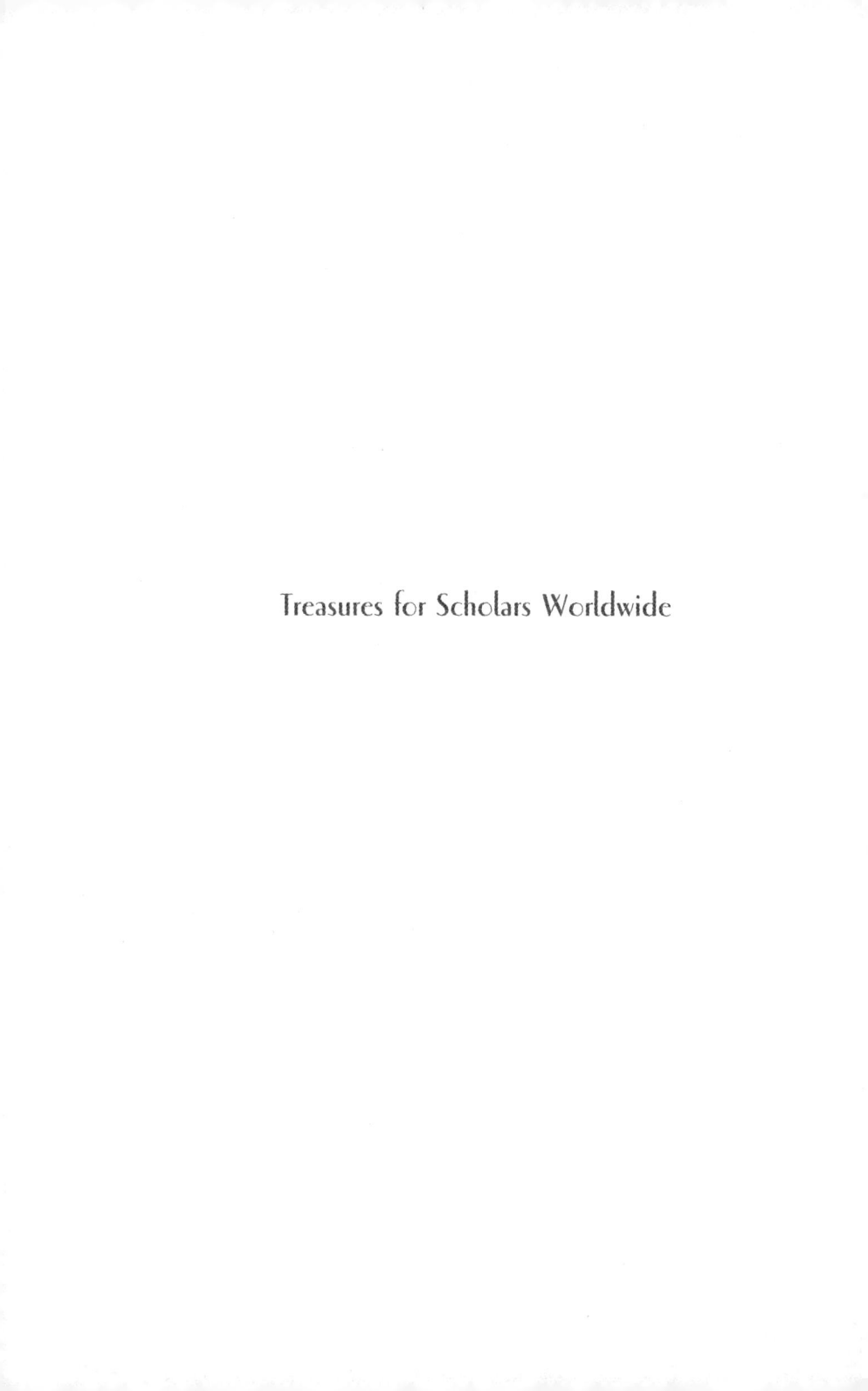

Treasures for Scholars Worldwide

嘉业堂旧藏清抄本

玉狮坠

〔清〕张坚◎著

张岚◎主编

马秀娟　崔丽娟　况荣　张维祥◎点校

广西师范大学出版社

·桂林·

嘉业堂旧藏清抄本玉狮坠
JIAYETANG JIUCANG QINGCHAOBEN YUSHIZHUI

图书在版编目（CIP）数据

嘉业堂旧藏清抄本玉狮坠：整理本／（清）张坚著；张岚主编. -- 桂林：广西师范大学出版社，2024.6.
ISBN 978-7-5598-7089-6

Ⅰ.I237.2

中国国家版本馆 CIP 数据核字第 20245SJ839 号

广西师范大学出版社出版发行

（广西桂林市五里店路 9 号　邮政编码：541004）
　网址：http://www.bbtpress.com

出版人：黄轩庄

全国新华书店经销

广西广大印务有限责任公司印刷

（桂林市临桂区秧塘工业园西城大道北侧广西师范大学出版社集团有限公司创意产业园内　邮政编码：541199）

开本：880 mm × 1 240 mm　1/32

印张：5.125　　　　字数：127 千

2024 年 6 月第 1 版　　2024 年 6 月第 1 次印刷

定价：46.00 元

如发现印装质量问题，影响阅读，请与出版社发行部门联系调换。

编委会

主 编 张 岚

点 校 马秀娟 崔丽娟 况 荣

　　　　张维祥

清抄本《玉狮坠》的发现与曲律研究
（代前言）

李俊勇

  张坚(1681—1763)，江苏上元(今南京)人，字齐元，号漱石，又号洞庭山人，别署三崧先生，少有才名，工于诗赋，娴于音律，有《玉燕堂四种曲》传世，包括《梦中缘》《梅花簪》《怀沙记》《玉狮坠》四种，今有乾隆刻本存世。这部《玉狮坠》抄本，《嘉业堂藏书志》卷四集部词曲类著录，为刘承幹嘉业堂旧藏，今藏河北大学图书馆。其内容、曲牌、宾白、声腔等，与刊本多有不同，具有独特的戏曲、文学和音乐价值，其曲牌格律与刊本差别尤大，今试作初步探讨。

一

  《玉狮坠》抄本，共六册，楷书工整，成于众手，无边框、界栏，半叶八行，行二十一字，抄写年代当为乾隆或乾隆以后，具体时间不可考，暂定为清抄本。每册首页钤"吴兴刘氏嘉业堂藏书记"和"胡氏子岐墨赏"阳文篆章。《嘉业堂藏书志》著录："《玉狮坠》一本，旧抄本。张坚漱石撰。国初人，籍贯仕履未详。情节亦甚支离,所著曰《玉燕堂四种曲》:曰《梦中缘》,曰《梅花簪》,曰《怀沙记》,并此为四种。"《嘉业堂藏书志》由缪荃孙主撰,对各书之版本和内容,无不详载,唯集部词曲类最为简略。究其原因,大概是传统观念使然,《四库全书总目提要》词曲类小序云:"厥体颇卑,作者弗贵",正统文人于词曲,向来卑之不足论,《四库全书》于曲类仅收曲谱、曲话、曲韵几种,至于曲之作品,则一字未录。刘承幹嘉业堂藏书中,经史子集四部,词曲类亦最少。《玉燕堂四种曲》并不难获见,张氏自序及他人所作序中,皆说其为金陵人,履历亦大致详备。缪氏为传统观念所囿,于词曲类一笔带过,对张坚此书可能并未细读,故说其"籍贯仕履未详",实为失考。

　　此本共三十二出,每出题下标明所唱声腔,除卷上第一出未标外,唱"昆腔"者计有卷上第二出、第四出、第五出、第七出、第十出、第十三出,卷下第五出、第六出、第九出、第十出、第十二出、第十四出,共十二出;唱"弋腔"者计有卷上第三出、第六出、第八出、第九出、第十一出、第十二出、第十四出、第十五出、第十六出,卷下第一出、第二出、第三出、第四出、第七出、第八出、第十一出、第十三出、第十五出、第十六出,共十九出。这种声腔的标示,无疑是舞台演出的重要提示,而清代演戏,大体昆曲、弋腔并重,不但同台演出,更在同一剧本之内,某折唱昆,某折唱弋,形成时代风气。张坚生活的乾隆时期,是戏曲史上大变革的时代,花部兴起,徽班进京,在秦腔流行之前一段相当长的期间内,弋腔的势头一度超过昆曲,到魏长生乾隆四十四年(1779)率秦腔入都后,弋腔才逐渐衰落。而刊本《玉燕堂四种曲》之《梦中缘》徐孝常序中恰好提到:"长安梨园称盛,管弦相应,远近不绝,子弟装饰备极靡丽,台榭辉煌,观者叠股倚肩,饮食若吸鲸填壑,而所好惟秦声啰弋,厌听吴骚,闻歌昆曲,辄哄然散去。故漱石尝谓,吾雅奏不见赏,时也。或有人购去,将以弋腔演出之,漱石则大恐,急索其原本归,曰:'吾宁付糊瓿。'"可知张坚的《玉燕堂四种曲》付刻之际,正值秦腔入京、弋腔又仍在盛演之时,原作为昆曲本,有人欲拿去改做弋腔演出,张坚大为恼火,将书索回,但终究不能将所有已刻印流传之书收回,故其剧本为梨园改作弋腔演唱的命运亦不可免。这个清抄本《玉狮坠》正是当时昆、弋合演的见证,也说明徐孝常所言都是实情。

二

这个抄本既反映了舞台演出的特点,而案头原本俱在,那么将两本对比研究更可见出抄本的特点,亦可借此探讨案头与场上之别,知梨园非尽劣,案头非尽美,在许多方面,场上之本自有其优点。从曲牌的标识来看,抄本别正衬,凡衬字皆以朱点点于字上,宾白亦以朱圈点开,但此朱圈与朱点为当时抄者所加,抑或后来收藏者所点,皆不得而知,刊本则不别正衬。抄本将曲牌的读、句、韵明确标出,如同一曲牌连续使用,则后出之曲牌标为"又一体"。刊本则不标句韵,曲牌连续使用时,后出之曲题为"前腔"。在句韵的标识上,抄本较刊本为优,在"又一体"和"前腔"的使用上,则刊本为胜。因同一曲牌填入不同的文词,旋律会有所调整,曲牌格律或不变或小变,但曲牌基本特征不变,故称"前腔"。而"又一体"则如《南词定律》凡例中所云:"凡诸谱之曲与正体或增减一二字者,或损益一二衬字者,即为又一体,今以句读相同,板式不异者即为一体,至句拍皆不同者始为又一体。"可知"又一体"为同一曲牌而句拍皆不同者。在《玉狮坠》中,后出之曲既有与前曲完全相同者,又有句拍稍异而仍为同一曲牌者,故用"前腔"较"又一体"更合适。在曲牌的分类上,抄本则较刊本为细,刊本仅分引子、过曲和尾声,抄本则将过曲又细分为正曲和集曲,如为集曲,则标明此曲集自何曲何句,如第十三出中曲牌【锦堂月】,抄本标为:【仙吕宫集曲】【锦堂月】昼锦堂首至五+月上海棠四至末。刊本则标为:【仙吕过曲】【锦堂月】昼锦堂+月上海棠,或径标为:【仙吕过曲】【锦堂月】,而不说明集自何曲。"尾声"则刊本通篇三十出皆题【尾声】,抄本则落实具体牌名,如第二出【不绝令煞】,第三出【情未断煞】,第五出【有结果煞】,第八出【尚按节拍煞】等,说明抄本经过了曲家的校正。

在目录与分出上,刊本分卷上和卷下两本,共三十出。抄本卷上则将刊本卷上第九出至"事实关心但强眠"之后析出为第十出,并且第九出为弋腔,第十出为昆腔,一出裁作两出,声腔亦异。抄本卷下将刊本卷下第二十二出至【二莺儿】后析出为第八出,又将【二莺儿】与【二犯二郎神】中间一段宾白斩为二段,分属第七出和第八出,故抄本有三十二出。刊本虽有卷上、卷下之别,所标出数却是从第一出到三十出连续标数,抄本在卷下又从第一出起另标。刊本所标每出名称沿袭案头惯例作二字标题,其标目如下:"卷上目:词意,狎饯,归舟,权倖,苗逆,并泊,闻筝,情晤,失坠,追订,伏狮,侦艳,胶筝,胁美,留幕;卷下目:仙渡,授坠,抚苗,毁奁,逾垣,病入,信讹,狮现,误祭,还朝,重爵,化医,遣祟,奇圆,坠仙。"抄本则标为:"卷上目:第一出,明大义开场始末;第二出,尽交情祖饯杯觞 鱼模韵 昆腔;第三出,脱烟花完璧归舟 家麻韵 弋腔;第四出,市官爵当权行乐 江阳韵 昆腔;第五出,梗化顽苗夸悍健 萧豪韵 昆腔;第六出,泊湖行棹恰奇逢 庚青韵 弋腔;第七出,巧闻筝意寄新词 尤侯韵 昆腔;第八出,喜停榻缘头初会 东钟韵 弋腔;第九出,千金不惜为蛾眉 江阳韵 弋腔;第十出,一宝忽遗成逋客 江阳韵 昆腔;十一出,订美约烈女留情 先天韵 弋腔;十二出,伏神狮上仙作美 皆来韵 弋腔;十三出,死爱妾贪官侦艳 真文韵 昆腔;十四出,待才郎贞女停筝 真文韵 弋腔;十五出,胁美空依权要势 歌戈韵 弋腔;十六出,留宾喜得故交才 齐微韵 弋腔;卷下目录:第一出,度龙女现身说法 寒山韵 弋腔;第二出,幻渔婆授宝弭灾 萧豪韵 弋腔;第三出,扫橇枪苗蛮拱服 齐微韵 弋腔;第四出,毁妆奁节操完全 车遮韵 弋腔;第五出,夜逃幕府本情钟 歌戈韵 昆腔;第六出,病入留仙还气苦 萧豪韵 昆腔;第七出,遇盟弟细诉离愁 先天韵 弋腔;第八出,醉船家误传凶信 先天韵 弋腔;第九出,神惊奸相保贞姬 庚青韵 昆腔;第十出,误祭孤坟伤墨迹 尤侯韵 昆腔;十一出,欣献凯绩奏元戎 先天韵 弋腔;十二出,大登科忠纠奸佞 东钟韵 昆腔;十三出,化医生非爱奸臣 侵寻韵 弋腔;十四出,遣妖祟巧成好

事 先天韵 昆腔;十五出,凑天缘团圆奇幻 江阳韵 弋腔;十六出,收至宝指示昭明 先天韵 弋腔。"抄本的标目有点像章回小说,较刊本更为具体,一览可知该出内容梗概,便于演出时观众了解剧情。这名目的取法,对于一般民众也颇有些吸引力。抄本于每出出名之下标明该出所唱何腔,用何韵,又是为了提醒演员,使其演出时不至出错,至于将刊本的下场诗统统删掉,这也是梨园艺人的一贯做法。

从故事情节上来看,刊本和抄本甚为一致,惟宾白与曲词稍有不同。以宾白而论,如第二出中黄损欲出门博取功名,问瘸仆是否愿意同去,瘸仆的回答,刊本作:"咳,相公此意极是,想先太老爷弃世之后,家道渐渐凋零,若相公到彼,早遇机缘,博得利名到手,何愁不复起门庭,只是万里程途,跋涉非易,老奴虽身带残疾,少不得挣挫同行,方才放心得下。"抄本作:"咳,当日先老爷留下家童数百,今见世业凋零,都已散去,止有老奴一人。相公今日远行,老奴如何放心得下,就是身带残疾,少不得挣挫前去。"演出本中,演员皆增加宾白,以使曲情贯串,然其弊在于妄增妄改。此本却多删减宾白,虽偶有失当,然多较刊本为精简。即以此段而论,虽气势之起伏跌宕不及刊本,干净利落却有以过之,亦较刊本为平易。又如刊本第十七出,抄本卷下第二出。刊本于【秋蕊香】和【孝顺儿】之间有一大段宾白,乃龙女自我介绍,说我本湖中龙女,姐姐与柳毅成亲,我独好道,因仙人指点,来授玉狮坠一事。抄本则几句话带过,交代清楚、简洁。不过抄本也有增加宾白之处,其最显著者为刊本第十三出,抄本卷上第十四出。抄本于【尾声】后,补入大段宾白,述单希颜命手下打听弹筝人并将裴玉娥母子俩带回一事。刊本则一笔带过,于下一折中径自绑玉娥母女上船来,结构安排甚为合理,抄本则殊费笔墨。然抄本亦有其可贵之处,如刊本中写单希颜见玉娥色艺双绝,仅思之以献吕用,来谋取长保乌纱以至加官晋爵。以单希颜之图利好色,加上此时其爱妾已病入膏肓,却一点也不垂涎欲滴,实为不近人情。抄本则改为:"下官临行,蒙太师吩咐,替他选择美女,送入十二楼中,以备歌舞之数。今此女音乐既精,若再

清抄本《玉狮坠》的发现与曲律研究(代前言)　　005

生得美貌,岂非天赐机缘乎?但是下官爱妾玉莲,已经病危不保,将来房中缺少得意之人,怎放着这现成美色,反去送与他人。也罢,只要那太师欢喜,保得富贵长在,何愁天下无美人。正是计就月中擒玉兔,谋成日里夺金乌。从来计小非君子,若是那女子到来不从,只怕还用着无毒不丈夫。"其贪图名利,渔猎美色而又凶残刻毒的特点全表现出来了。在科介上,抄本也体现出了舞台演出本的特点,如第二出中,瘸老儿上场,刊本作:"副净上。"抄本作:"副扮瘸老,戴毡帽,穿道袍,系搭包,从下场门上,白。"这就把穿戴打扮全给演员提示出来了。以此来看,抄本增非妄增,减非妄减,大多合情合理。

以曲词而论,抄本多将刊本改易数字,使其通俗易晓,这也与演出本的特征相符,因为要照顾一般观众的文化水平,也要考虑到眼观和耳听的区别。如刊本第二十二出,抄本卷下第七出、第八出中【二莺儿】一曲,刊本作:"缱绻。定放不下陌路视萧郎冷面。他从未蝶粉蜂黄轻被沾。还待俺风流京兆才画出眉如线。感深恩独遍。怅离情正牵。这邂逅知非偶然。喜他乡遇故知且漫流连。"抄本作:"牵绻。从来不是,陌路视萧郎冷面。(宾白略)他从未蝶粉蜂黄轻被沾。还待俺风流京兆才画出眉如线。(宾白略)感深德独偏。怅离情正惋。逢邂逅交缘不浅。请回船。喜他乡遇相知,且相流连。"又如刊本第二十二出,抄本卷下第七出、第八出中【莺啼御林】一曲,刊本作:"欲言又忍先泪涟。可怜他抱恨黄泉。他权势加临生逼遭。肯放过当前美艳。他抱定旧日鸳盟一命捐。空向那岳阳楼留题节显。我曾亲临奠。只见他三尺坟高。一抔土浅。"抄本作:"将言又忍先泪涟。(宾白略)可怜他抱恨黄泉。(宾白略)他伏权势强逼生凌。肯放过近前美艳。(宾白略)他抱定旧鸳盟一命轻捐。空向那岳阳楼留题节显。(宾白略)我曾奠黄泉。只见他坟高数尺。没个信音传。"抄本略改数字,文采虽逊,却较利观听。除了更换字词,抄本最爱玩的一个把戏是将刊本曲词前后置换,而内容不变,如刊本第六出,抄本卷上第六出【破齐阵】一曲中,刊本作:"华发渐生两鬓"抄本作:"双鬓渐生华发";又如刊本第四出,抄本卷上第四出【画眉序】一曲,刊本作:"珠围翠绕",抄本作:"翠围珠绕",则意义不大。

更重要的是,抄本有时大量删减刊本曲词,奉行着梨园脚本的一贯政策。这种删减有时是伶人懒惰,贪图省事,有时候却是一种反抗。因文人填词,多不能度曲,更不懂搬演之道,只顾词采超妙,写到得意处,不妨一连十几个曲牌,这却苦了伶人,什么样的嗓子能连唱几十支曲子呢?所以伶工常常删减曲词,因其文化水平不高,经常有乱删乱改之处,导致文脉不贯。这部抄本的删减却做得颇为恰当,如刊本第二十七出,抄本卷下第十三出,刊本中汉钟离唱"道情"十二支,抄本则删除后六支,余六支,处理得极好,刊本中一人连唱十二支,既拖沓无聊,又使演员体力不支。又如刊本第二十六出,抄本卷下第十二出,刊本曲牌联套为:"【引子】【点绛唇】+【引子】【玉女步瑞云】+【前腔】+【过曲】【啄木儿】+【前腔】+【南北双调】【北新水令】+【南步步娇】+【北折桂令】+【南江儿水】+【北雁儿落带得胜令】+【南侥侥令】+【北收江南】+【南园林好】+【北沽美酒带太平令】+【南尾声】。"抄本作:"【仙吕调只曲】【点绛唇】+【黄钟宫引】【玉女步瑞云】+【又一体】+【黄钟宫正曲】【啄木儿】+【又一体】+【双角只曲】【折桂令】+【双角只曲】【雁儿落带得胜令】+【双角只曲】【收江南】+【双角只曲】【沽美酒带太平令】+【三句儿煞】。"刊本与抄本至【前腔】和【又一体】皆一样,曲词略同。此后,刊本做南北合套,抄本则删去黄损唱【北新水令】和安义唱【南步步娇】两曲,直接让叔侄相认,继又删去【南江儿水】、【南侥侥令】和【南园林好】各一曲,使南北合套之曲成为单纯的北曲,曲词的减少既使演员唱得省力,曲牌的单一又给他们省去了在南北曲之间转换的麻烦。但此处的删减,亦利弊两存,曲词的减少和曲牌的单一固然使演出更为便捷,但由南北合套改为纯粹的北曲也使唱腔减色不少,盖南北合套最易美听,而张坚此折虽用意在此,但由于不善安排,曲牌过多,致使伶工不得不稍事删减,而南曲徐声慢度,唱工的费力也使它在删减过程中首当其冲。相比而言,《长生殿》的作者洪昇就聪明得多,其《惊变》一折既采用了南北合套,曲牌的数量又恰如其分,宾白也长短合度,自问世以来便盛演不衰,今日犹为昆曲最热演的剧目之一。其他删减处还有:刊本第七出,抄本卷上第七出,刊本于【好事近】后有【前腔】一曲,抄本删去。刊本第八出,抄本卷上第八出,刊本于【懒画眉】后接两支【前腔】,又接一支【楚江情】,抄本则将此【楚江情】删去。刊本第十三出,抄本卷上第十四出,刊本【江头金桂】后有一曲【前腔】,抄本删去。刊本【淘金令】后有【前腔】一曲,抄本删去。刊本第二十四出,抄本卷下第十出,刊本于【祝英台】后接【前腔换头】【第三换头】【前腔】三曲,抄本则将中间二曲删除,留【前腔】一曲。刊本第二十八出,抄本卷下第十四出,刊本:【商调引子】【忆秦娥】+【北端正好】+【滚绣球】+【叨叨令】+【脱步衫】+【小梁州】+【幺】+【煞尾】。抄本删去【滚绣球】和【幺】两曲。另外,该抄本不但删减曲词,且在适当的时候增加曲词,这在梨园本中并不多见。查其全文,增加曲词的地方共有两处。一在刊本第十六出,抄本卷下第一出,抄本于【剑器令】只曲后,又增入龙王派夜叉去打探八仙何时经过洞庭湖的一个情节,增加了夜叉的一个唱段,曲牌为【仙吕宫正曲】【上马踢】,曲文如下:"龙王把我宣。去把神仙探。风浪好趋前。还将途路赶。到得湖边。依然来彼岸。只待云端彩现。远见仙踪。即便如飞返。"一在刊本第二十二出,抄本卷下第七出、第八出,抄本于第八折开始加入陆阿婆所唱【双调正曲】【普贤歌】一首,曲文如下:"经营水面度经年。使桨乘风拽帆。晨昏敢惮烦。驰驱费苦艰。竟日贪杯无足厌。"词极浅俚,然恰合夜叉和陆阿婆身份。

三

清抄本《玉狮坠》与刊本最大的不同在于它的曲牌格律,在从案头到场上的过程中,曲词的改动带来的直接后果就是曲牌格律的改变。这种改动主要表现在两个方面,一是使原本合律的曲牌换成另一支律的曲牌,让唱腔产生微妙的变化;一是使原作不甚合律的曲牌变得更为合律,纠正原作之错。种种迹象表明,抄本的改编者绝非普通的艺人,而是精通曲律的曲家。我们选取刊本和抄本中曲牌差异较多者,对其格律进行互校,做出考辩,以示二者之别,同时也把这些曲牌中的一些疑问通过《玉狮坠》抄本和刊本的比较得到解决。抄本中所标句、读、韵,今依样照录,抄本以朱点点于字上来表示衬字,今以楷体字加圈表示。

1. 刊本第二出,抄本卷上第二出

刊本:【朱奴插玉芙蓉】(朱奴儿)君家是倾财丈夫。每日价花下提壶。不惜缠头费柘鼓。漫回首繁华无数。(玉芙蓉)君今去。问谁将曲顾。做不得沿门鼓板。只怕委沟渠。

抄本:【正宫集曲】【朱奴插芙蓉】(朱奴儿首至六)羡君家倾财丈夫韵 每日价席前歌舞韵 不惜缠头费敲鼓韵 频回首艳华无数韵 君今去韵 ⓒ谁将酒沽韵(玉芙蓉末一句)做不得读沿门鼓板句 ⓧⓣ委沟渠韵

考辩:《南词定律》卷二【正宫犯调】【朱奴插芙蓉】计七句二十三板,句韵:朱奴儿首至六 7+7+7+7+3+4 玉芙蓉末 10,抄本全与此合,至为允当。刊本则于 3 字句前标【玉芙蓉】,查《南词定律》,此牌尚有"又一体",为九句三十一板,为朱奴儿首至三+玉芙蓉三至末,亦不合。

2. 刊本第三出,抄本卷上第三出

刊本:【引子】【采桑子】风尘误落情偏冷。说甚烟花。似玉无暇。十五盈盈未破瓜。闷来绣榻翻书对。香透窗纱。自起烹茶。爱取银筝玉指抓。

抄本:【中吕宫引】【金菊对芙蓉】流落风尘句 衷情自冷句 人前说甚烟花韵 早持身端洁句 似玉无暇韵 闲来绣榻翻书对句 羡贞静贤达堪夸韵 月透纱窗句 爱ⓣ筝细谱句 玉指轻抓韵

考辩:按:各曲谱均未载【采桑子】,查《钦定词谱》卷五载和凝[采桑子]:蟪蛄领上诃梨子句 绣带双垂韵 椒户闲时韵 竟学樗蒲赌荔枝韵 丛头鞋子红编细句裙窣金丝韵无事颦眉韵春思翻教阿母疑韵注云:此调以此词为正体,若李词朱词之添字,皆变体也。可知刊本用词牌[采桑子],明清传奇每套之引子特别是南曲,多用词牌,此即一例。而《南词定律》卷六载【中吕引子】【金菊对芙蓉】九句 句韵:4+4+6+5+4+7+7+4+8。抄本十句,末二句各为四字,与《南词定律》不合。查《新定九宫大成南北词宫谱》(简称《九宫大成》)卷九中吕宫引载【金菊对芙蓉】,句韵:4+4+6+5+4+7+7+4+4+4,正与抄本合,惟抄本倒数第二句为五字句,其中有一字为衬。可知抄本改刊本曲词,使之稍变而成曲牌。

刊本:【过曲】【金落索】你才同柳絮夸。貌比花枝亚。豆蔻梢头。正是时堪嫁。(宾白略)似亲生没半点差。从不舍动鞭挝。惯的娇痴愿转奢。(宾白略)也须效出墙红杏争舒艳。怎比得幽谷芳兰自吐芽。休教三春老去红芳谢。那时节贻笑娼家。从良愿又成虚话。

抄本:【商调集曲】【金落索】(金梧桐首至五)㈤才同柳絮夸韵貌比花枝亚韵香蔻梢头句正是时堪嫁韵(宾白略)㈥亲生没半点差韵(东瓯令二至四)㈦㈧㈨动鞭挝韵惯的娇痴愿转奢韵(宾白略)㈩⑪出墙红杏春先亚韵(针线箱第六句)⑫比得⑬芳兰自吐芽韵(解三酲第七句)休教那韵(懒画眉第三句)囗春归去谢芳葩韵(寄生子合至末)那一旦贻笑娼家韵愧杀儿家韵从嫁愿㈩成虚话韵

考辩:《南词定律》卷十【商调犯曲】【金落索】十四句三十一板,句韵:金梧桐首至五5+5+4+5+5 东瓯令二至四3+7+7 针线箱六句7 解三酲合3 懒画眉三句7 寄生子合至末7+4+6,注:此曲又名【金锁挂梧桐】,即【金落索】之名亦无甚妥当,姑从其旧。按:抄本全与此合,刊本亦与此合,惟只于牌首题【金落索】。

3.刊本第四出,抄本卷上第四出

刊本:【过曲】【画眉介】正秋光。云净天高气真爽。见奇花怪石。掩映回廊。海棠阴低簇东墙。芙蓉艳齐开锦障。珠围翠绕同欢宴。女乐奏仙音嘹亮。

抄本:【黄钟宫正曲】【画眉序】一片好秋光(韵)云净天高浩气凉(韵)况奇花怪石(读)交映回廊(韵)呈玉质遍簇瑶阶(句)争冶艳大开花障(韵)翠围珠绕同欢乐(句)女乐奏仙音的嘹(韵)

考辩:《南词定律》卷一【黄钟宫过曲】【画眉序】计七句二十三板,句韵:5+7+9+7+7+7+6,其字句恰与抄本合。刊本题【画眉介】,《南词定律》《钦定曲谱》《九宫大成》均无此体,然此体与《南词定律》中【画眉序】后之【前腔】正合,【前腔】后按语云:"此曲首句三字五字俱可。"则刊本正合首句三字格,为:3+7+9+7+7+7+6(亦七句二十三板),而刊本不别正衬,末一句当有一句为衬。刊本"介"字误。

4.刊本第六出,抄本卷上第六出

刊本:【正宫引子】【齐破阵】(破阵子头)自把凤毛养就。早年思步瀛洲。(齐天乐中)未折高枝。翻成断梗。华发渐生两鬓。(破阵子尾)挥尽黄金招俗谤。空饱诗书被物轻。英雄暗泪零。

抄本:【正宫引】【破齐阵】自把文毛成就(句)青年欲步蓬瀛(韵)未折高枝(句)翻成落叶(句)双鬓渐生华发(句)掷尽黄金招人谤(句)空饱诗书被物轻(韵)英雄空泪零(韵)

考辩:《南词定律》卷二【正宫引子】【破齐阵】八句,句韵:破阵子首至二6+6 齐天乐三至五4+4+6 破阵子三至末7+7+5,刊本、抄本俱合,然刊题【齐破阵】,查《九宫大成》和《南词定律》均无此称,当知时文人狡狯,别出另名,不若抄本题【破齐阵】为恰当也,因【破齐阵】之名正可显曲牌之结构。

刊本:【山渔灯犯】说什么浪滔滔把古今人物都淘尽。单则见武昌雄峙。郁苍苍夏口遥相应。数不迭谁灭谁兴。且莫哭周郎吊孔明。笑吕蒙成功儌倖。羡只羡大江东赤壁还青。总不如效苏卿乘舟那搭行。夜归东山林月皎。云外空江鹤唳清。思量起。有许多逸兴。又何须词招当日楚些灵。

抄本:【正宫正曲】【山渔灯】说甚么㊣㋵㊊㊎㋮㊀㋉都淘尽(韵)㊀㊋㋠㋙对峙南昌(读)㋑苍苍㊒㊊㋰相应(韵)数不迭谁灭谁兴(韵)㊀㊌㊎周郎㊢孔明(韵)笑吕蒙功业多倭俸(韵)㊀㊋大江东赤壁还青(韵)㊃㊅㊊㊎东坡(读)乘舟㊡答行(韵)夜静东山秋蟾皎(句)云外空江鹤韵清(韵)思量定㊒㊓多逸兴(韵)㊃何须词赋(读)㊈日楚些灵(韵)

考辩:《南词定律》卷二【正宫过曲】【山渔灯】计十二句三十八板,又载【前腔】和【前腔换头】各一曲,句数板数皆不变。其第三体【前腔换头】句韵为:6+8+7+4+7+7+6+7+7+3+4+9,抄本正与此体合,惟第五句作八字句,当为少点一衬,而末一句作八字句,则又多点一衬。刊本曲词句韵与抄本略同,而题【山渔灯犯】,《南词定律》与《九宫大成》均无此牌名,而二书皆载【渔灯插芙蓉】一体,《南词定律》卷二正宫犯调【渔灯插芙蓉换头】十二句三十八板,句韵:山渔灯首至合6+8+7+4+7+7+6+7+7 玉芙蓉合至末3+4+10,刊本亦为犯调,句韵正与此合,故知此【山渔灯犯】乃犯【玉芙蓉】者,抄本作者守律甚严,因曲谱未载此牌名,便将其曲文点数字为衬,以就【山渔灯】之律,不知犯调一体,亦有仅标二犯、三犯、四犯者,刊本未误,抄本亦可。

5.刊本第七出,抄本卷上第七出

刊本:【过曲】【好事近】(泣颜回)只见明月锁孤舟。更几点星沉鱼罾。蒹葭无数。倚逗着断堤疏柳。(刷子序)堪羞。似他们当筵曲奏。俺止爱清幽静夜滩头。寂寞耐深沉玉漏。且自把冰弦绕柱。银甲轻勾。

抄本:【中吕宫集曲】【好子乐】(好事近首至四)只见㊊㊋锁孤舟(读)更千点星沉鱼罾(韵)蒹葭一派(句)倚逗着断堤疏柳(读)(刷子序五至合)堪羞(韵)㊡他那当筵曲奏(韵)㊡㊢爱清幽静夜滩头(韵)(普天乐八至末)寂寞耐深沉更漏(韵)㊀自把冰弦绕柱(读)银甲轻勾(韵)

考辩:按,【好事近】有三体,一为引子,《九宫大成》卷九中吕宫引载【好事近】两体,其一为陆游词,【好事近】客路苦思归(句)愁似茧丝千绪(韵)梦里镜湖烟雨(韵)看山无重数(韵)樽前消尽少年狂(句)慵著送春语(韵)花落燕飞庭户(韵)叹年光如许(韵);其二为《紫钗记》,【又一体】京兆选才人(韵)起送向长安灞津(韵)飘飘献赋欲凌云(韵)领取上林春信(韵)。并于陆游词下注云:一名翠圆枝,与本宫正曲不同。二为此注所云的正曲,《九宫大成》卷十中吕宫正曲载【好事近】四体,俱列如下:【好事近】一名杏坛三操,与本宫引不同,《九九大庆》,句韵:5+6+4+6+4+8+7+7;【又一体】,《九九大庆》,句韵:2(句)+5+6+4+6+4+8+7+7;【又一体】,《玉簪记》,句韵:5+7+4+7+4+8+7+7;【又一体】,散曲,句韵:2(韵)+5+6+4+6+4+8+7+7。三为集曲,也即犯调,《南词定律》卷六【中吕犯调】【好事近】九句二十七板,句韵:泣颜回首至四5+7+4+7 刷子序五至合2+6+7 普天乐八至末7+8。在各种曲谱中,除引子一体外,余二体即正曲与集曲,几成聚讼之地。《南词定律》仅载此【好事近】犯调一体,而无正曲,于正曲中则载此犯调曲牌之一【泣颜回】,句韵为:【泣颜回】八句二十五板,句韵:5+6+4+6+4+8+7+7;【前腔】八句二十五板,句韵:5+6+4+6+4+8+7+7;【前腔换头】八句二十九板,句韵:7+7+4+6+4+8+7+7。《九宫大成》则载正曲四体,未收【泣颜回】,于集曲则载【好子乐】二体,其一,【好子乐】,句韵:好事近首至四5+7+4+7 刷子序五至合2+6+7 普天乐八至末7+8;其二,【又一体】,句韵:好事近首至四5+6+4+6 刷子序五至合2+6+7 普天乐八至末7+8,注云:旧名好事近。一经对比即可发现,《南词定律》正曲中之【泣颜回】与《九宫大成》正曲中之【好事近】,二者正体的句韵完全相同,其他所谓的【前腔】和【又一体】差别亦甚微。《九宫大成》所收【好事近】第三体以《玉簪记》为例者,为《玉簪记》第二十一出"姑阻"中曲牌,查《六十种曲》本《玉簪记》,正作【泣颜回】,曲词全同。可知【好事近】与【泣颜回】乃是一而二、二而一的东西,曲家在使用的过程中,或谓之【好事近】,或谓之【泣颜回】而已。《九宫大成》于曲牌所收最全,一个曲牌如有别名,即于曲牌下加注说明,独独于此【泣颜回】,既不收录,亦不在【好事近】下注明,偏偏又在卷十二【榴花好】下注云:"旧名榴花泣。"在【驻马近】下注云:"旧名驻马泣。"则必知道【好事近】之为【泣颜回】

者,而何故不于【好事近】下注明且不收邪?《南词定律》于犯调【好事近】下注云:"此曲旧谱及坊本皆为【好事近】,不知何所取也,又名【颜子乐】者,似为有理,如钮谱之为【泣刷天灯】,则灯字无据矣。"可知吕士雄等亦惑于此,但其说"又名【颜子乐】者,似为有理",则是从曲牌结构而言。王正祥之《新定十二律昆腔谱》(以后简称《昆腔谱》)卷十六,犯调【颜子乐】注云:"即九宫之【好事近】",吴梅《南北词简谱》卷六,南中吕宫收【颜子乐】,未收【好事近】,皆于集曲中主张名为【颜子乐】,或如《九宫大成》所云【好子乐】者。检诸曲家作品,集曲多称【颜子乐】,亦有名【好事近】者,正曲多用【泣颜回】,而亦与【好事近】通用。《南词定律》于正曲不载【好事近】,《九宫大成》于正曲不载【泣颜回】,且皆不注明,则是囿于成见,无视曲家创作之现实,且《九宫大成》于【急三枪】知从俗从众,独于【泣颜回】置之不理,亦自乱其例,或书成众手之故。又:刊本漏标【普天乐】。

6.刊本第九出,抄本卷上第九出、第十出

刊本:【前腔】则他个玉人儿温软更生香。似解语花枝堪傍。况我孤身无偶年空壮。怎放着良缘不讲。(宾白略)可喜他俊庞儿似粉捏琼妆。金莲小。玉笋长。横秋水。蹙春山。绽樱桃。刚一声万福也早叫人魂飘荡。描不出他态多姿。容生艳。气含芳。真个赛西子。胜毛嫱。

抄本:【又一体】刚他个玉人款软更生香韵 似解语一枝堪傍韵 况我孤失偶年空壮韵 怎放着美缘不讲(宾白略)可喜煞庞儿粉琼妆韵 金莲小玉尖长韵 仙吕宫正曲【急三枪】飐秋水句 蹙远黛读 樱桃放韵 刚一声万福也读 兴勾狂曲 出美态句 容生艳读 兰麝扬韵 赛西子读 胜毛嫱韵

考辩:【风入松】曲,前不过47字左右,刊本【前腔】竟至93字,抄本从"飐秋水"处断开,归入【急三枪】,这样前面字数为51字,因衬字稍有出入耳。按,【急三枪】曲牌,通行已久,自明代已然,沈自晋《南词新谱》卷二十三载《琵琶记》中【急三枪】曲,注云:"原本载此【风入松】一套,中间嵌入【急三枪】,而不明题其名,旧体如是,然今之作者,已皆于【风入松】后,明列【急三枪】,而另标之,即先词隐十七种尽然。"可知于曲律最守法度之沈璟亦从俗从众,《九宫大成》卷三载【急三枪】一体,其例正为沈璟所作《义侠记》,其实此处将【风入松】曲后文字题作【急三枪】,于曲律上更为明晰,使作曲者有法可守,是一种进步。王正祥在《昆腔谱》卷六,中吕律【急三枪】注中亦云:"元谱无此名,而时尚通行已久,若必谓之犯滚,难附于【风入松】之后矣,今仍此曲名。"诸家考订,以《南词定律》所说最为详尽,而以《九宫大成》和吴梅《南北词简谱》所论最为精当。

《九宫大成》卷三,注云:【风入松】后,或一曲,或二曲,必带三字六句二段,谓之【急三枪】,因其名不古,故诸家议论不一,或有连在【风入松】下,不另列名,或有题作黄龙滚、集滚者,纷如聚讼,总无定论。与其朦胧穿凿,何如仍用旧名,二段共三字六句,诸谱皆分作二曲,《南词定律》合作一曲,今依《南词定律》为准。

《南北词简谱》卷八,注云:此支分为二节:"亲看见"至"买棺材"为一节,以下为一节。凡作此曲者,皆附在【风入松】后。全套【风入松】四支,第一、第四两支,不附此曲,附此曲者,必在第二、第三两支后,此定格也。全曲十句皆三字,用四韵,两仄两平,昉自《琵琶·扫松》,后来作者皆依据之。自词隐《旧谱》,不敢遽题此名,于是议者纷纷,各有见地。张心其云:此调《旧谱》不题名,今从俗为【急三枪】。旧分为二,今合为一。凡作此曲者,前三句必如此作扇面对,方妙。谭儒卿云:此调与【风入松】共为一套。凡用【风入松】或一曲或二曲,即以一【急三枪】间之,临完仍以【风入松】或一曲,或二曲结尾,不可乱也。两家之说,本显豁可从。而钮少雅必欲别开生面,题作【犯滚】,且谓出自元谱,又有【犯朝】【犯欢】【犯声】等名,皆必间于【风入松】套内,未免多立新名。况所云元谱,今又不传,未知所据何若。余不敢妄从,因仍主张、谭两家说,俾作者免去葛藤也。

清抄本《玉狮坠》的发现与曲律研究(代前言) 015

7.刊本第十出,抄本卷上第十一出

刊本:【过曲】【榴花泣】(石榴花)觑着他皎如玉树立风前。须有日瀛洲飞步冠群仙。千金纵乏现腰缠。何不效多情漂母衔结俟他年。(宾白略)(泣颜回)俺风尘自怜。怎肯效杨花颠浪随风点。向人前既腆羞颜。怕不是会石上三生像现。

抄本:【中吕宫集曲】【榴花好】(石榴花首至四)(觑)(着)他(皎)如琼树占风前(韵)(须)(有)(日)瀛洲(飞)步冠群仙(韵)千金纵乏现腰缠(韵)(宾白略)(何)(不)(效)(多)哀怜漂母俟他年(韵)(宾白略)(好事近五至末)俺风尘自怜(韵)怎肯(效)(杨)花(读)逐浪随风点(韵)向人前既腆羞容(句)(怕)(不)(是)会石床半生缘现(韵)

考辩:《南词定律》卷六【中吕犯调】【榴花泣】又一体换头八句二十八板,句韵:石榴花首至四 7+6+7+7 泣颜回五至末 4+8+7+7,刊本与此全合;抄本格律亦全合,惟曲牌题为【榴花好】,易【泣颜回】为【好事近】,《九宫大成》卷十二中吕宫集曲载【榴花好】,句韵:石榴花首至四 7+6+7+7 好事近五至末 4+8+7+7,注云:"旧名榴花泣",关于【好事近】与【泣颜回】之考订,可参考第七出考辩。

刊本:【驻马泣】(驻马听)荡起江烟。界破长空水底天。只见芦花渐远。沙岸轻移。匹练高悬。恨不快如弩箭乍离弦。怎奈回风激浪连云卷(泣颜回)凭双橹急进忙前。管取他去客重旋。

抄本:文词与刊本同,从略,只曲牌作【驻马近】,为驻马听首至合+好事近合至末。

考辩:《南词定律》卷六【中吕犯调】【驻马泣】八句二十四板,句韵:驻马听首至合 4+7+4+8+7+7 泣颜回合至末 7+7,刊本与此全合;抄本格律亦合,惟曲牌名【驻马近】,易【泣颜回】为【好事近】,《九宫大成》卷十二,中吕宫集曲载【驻马近】,句韵:驻马听首至合 4+7+4+8+7+7 好事近合至末 7+7,注云:"旧名驻马泣"。考辩同上。

8.刊本第十五出,抄本卷上第十六出

刊本:【越调引子】【霜天晓角】南天重地。文武齐节制。朝夕忧勤王事。施恩德遍华夷。

抄本:【越调引】【霜天杏】南天重地(韵)士武齐节制(韵)忧勤日夕羽书驰(韵)施大德华夷遍及(韵)

考辩:《南词定律》卷十三【越调引子】【霜天晓角】八句,句韵:4+5+6+6+5+5+6+6,《九宫大成》注云:"一名月当窗,一名长桥月",句韵与此同,刊本亦标【霜天晓角】,而乃作"4+5+6+6",与此牌前段合,因为引子可以用半阕。《南词定律》卷十三【越调引子】【霜天杏】四句,句韵:霜天晓角首至二 4+5 杏花天三至末 7+7,抄本全与此合。另外,刊本第二十四出,抄本卷下第十出中亦有此种情况,考辩同此。

9.刊本第十九出,抄本卷下第四出

刊本:【过曲】【二郎神】云垂野。冷飕飕纸窗儿风裂。何事陇头音信绝。只见寒江一片。兀那漫天冰雪。【集贤宾】总是这愁凝怨结。无端的瓶坠簪折。也不识俺和他前生那一劫。

抄本:【商调集曲】【二贤宾】(二郎神首至五)云垂野(韵)冷飕飕(衬)窗儿冻裂(韵)甚事陇头音信绝(韵)(合)(么)寒江一片(句)一天朔雪寒结(韵)(集贤宾五至末)(合)(么)(衬)恨聚怨遮(韵)无故的凭空簪折(韵)谁晓也(衬)俺与他往生(衬)一劫(韵)

考辩:《九宫大成》卷五十八,商调集曲【二贤宾】句:二郎神首至五 3韵+7+7+4+6 集贤宾五至末 4+7+3+7,抄本、刊本均与此合。又《南词定律》卷十,【商调犯调】【二贤宾】八句二十六板,例曲:"二郎神首至四 闻说起愠不干几千行血泪。记父子夫妻完聚日。奈星河影动。一时瓦解星飞。集贤宾五至末 结发有妻。十五岁娇儿失坠。还问你。与贾宅是何亲戚。"刊本亦与此合。刊本漏标【二贤宾】曲牌名。

刊本:【二犯二郎神】(莺啼序)这些时容颜憔悴的直憨劣。还说甚花样娇怯。(集贤宾)怎兀自不肯将人轻放舍。定逼向黄泉路里残生灭。(宾白略)(二郎神)敢我抱恨夜台同一辙。则他鬼乜斜早招人为伴也。(宾白略)薰犹别。俺自向净土魂游。少甚么贞姬提挈。

抄本:【商调集曲】【莺集御林啭】(莺啼序首至二)㊣些时容颜㊣㊓无端㊤㊣㊦甚花样弱怯㊙(集贤宾三至五)㊣兀自㊣㊙将人轻放舍㊙㊣㊢向黄泉㊣此生抛灭㊙(宾白略)㊡我泉台抱恨㊤(簇御林第五句)㊡鬼㊣斜㊢招我为邻也㊙(宾白略)(啭林莺合至末)别薰狨㊤自㊡游净土㊣㊣㊣节姬共提挈㊙

考辩:《南词定律》中无此二种曲牌名,《九宫大成》中无【二犯二郎神】牌名。按,《南词新谱》卷十八【二犯二郎神】(《复落娼》传奇):莺啼序 朱颜去了不再还。怕雪鬓霜鬓。集贤宾 这个门庭难自拣。陷此身重为花旦。二郎神早知道如今遭患难。悔当初行程太晚。漫凝盼。空对月临风。短吁长叹。《钦定曲谱》卷十一【二犯二郎神】(《复落娼》传奇):莺啼序 朱颜去了不再还㊙怕雪鬓霜鬓㊙集贤宾 这个门庭难自拣㊙陷此身重为花旦㊙二郎神早知道如今遭患难㊙悔当初行程太晚㊙漫凝盼㊙空自对月临风㊤短吁长叹㊙,《昆腔谱》卷十六亦载犯调【二犯二郎神】,例句与《南词新谱》和《钦定曲谱》同,刊本与此合。

《九宫大成》卷五十八载【莺集御林啭】,句韵:莺啼序首至二 6+5 集贤宾三至五 7+7+4 簇御林第五句 7 啭林莺合至末 3+9,抄本与此合。《九宫大成》注云:"旧名莺集御林春",则《南词定律》亦载此曲,其卷十,商调犯调【莺集御林春】七句二十六板,句韵:莺啼序首至二 6+5 集贤宾三至五 7+7+4 簇御林五句 7 三春柳合至末 11,惟最末一句将两句并为一句耳。《钦定曲谱》卷十一亦载【莺集御林春】,句韵为:莺啼序 7+5 集贤宾 7+7+4 簇御林 7 三春柳 5+9,最末一句字数及分合又与《南词定律》不同;《南北词简谱》卷九,南商调【莺集御林春】,句韵:莺啼序 6+5 集贤宾 7+7+4 簇御林 7 三春序 3+6,

则最后一句之字数及分合乃至曲牌名皆不同,盖【三春序】当为【三春柳】之别名。查《南词定律》,其【三春柳】共收三体:卷一,黄钟过曲【三春柳】八句二十六板,句韵:7+7+7+6+6+7+6+9;【前腔】八句二十六板,句韵:7+7+7+6+6+7+6+9;【又一体】十六句五十五板,古曲,句韵:6+9+11+7+7+8+11+12+8+5+12+10+6+8+3+6;《九宫大成》卷十八,大石调正曲收两体:【三春柳】散曲,句韵:7+7+7+6+6+7+6+3+6;【又一体】,句韵:7+7+7+6+6+7+6+3+6,可知【三春柳】末两句主要有3+6和3+9两格。而查《钦定曲谱》和《九宫大成》,【啄林莺】之句韵为:7+6+7+7+4+7+3+9,以此知题作【莺集御林啄】最为合适,因【三春柳】别体甚多,且末一句或两句之字数及其分合不严格,虽然亦可使用,但为《九宫大成》所不取。抄本之曲词与刊本无甚区别,在曲牌上只是将【二犯二郎神】中的【二郎神】部分又拆为三段,第一段给上面的【集贤宾】,使其由"三至四"变成"三至五",后两段则分别赏给【簇御林】和【啄林莺】,使集曲中所包含之曲牌又成集曲。

10.刊本第二十出,抄本卷下第五出

刊本:【庆时丰】说什么花灯满挂明烟火。恁玳筵开处列笙歌。则无奈佳节客中过。甚心情玉盏相酬酢。(宾白略)我身如系岁易过。一天好事枉耽搁。似这灯月夜成间阔。相思相望恨偏多。

抄本:【羽调正曲】【庆时丰】㊀㊁㊂花灯满挂明烟火㊃。玳筵开处列笙歌㊄。则㊅何佳节客中过㊇。心情金盏相酬酢㊈。(宾白略)【又一体】㊉身如也年空过㊋。一天心事枉耽搁㊌。㊍满城灯月奈他何㊎。相思相望愁无那㊏。

考辩:按,蒋孝《旧编南九宫谱》与王正祥《昆腔谱》均载【庆时丰】一曲,例曲皆取自《节孝记》,曲文如下:"日迟云淡东风软。泥融沙暖物华鲜。墙里红妆戏秋千。盈盈笑语挥罗扇。行程处。景正妍。桃花如火柳如烟。扬征袖。行步展。傍花随柳过前川。"《南词定律》卷十二【羽调过曲】【庆时丰】四句十四板,句韵为:7+7+7+7,《九宫大成》卷七十七,羽调正曲【庆时丰】丰一作登,(月令承应)句韵为:7+7+7+7,【又一体】(《分镜记》)句韵为,7+7+7+7,并注云:"蒋谱所载节孝记【庆时丰】曲后半阕与排歌合至末分毫无异,绝似集调。《南词定律》收分镜记曲为正体,较节孝记曲,止前四句耳,由是观之,节孝记曲,其为集调无疑矣。所以《南词定律》以节孝记曲列入集调。"查《南词定律》卷十二,羽调犯调有【庆丰歌】一体,例曲正是《节孝记》,十句二十八板,句韵为:庆时丰全7+7+7+7排歌合至末3+3+7+3+3+7,吴梅《南北词简谱》亦一准于《南词定律》。另外,《节孝记》中另有【马鞍儿】一曲,亦为【马鞍儿】犯【排歌】者,《九宫大成》卷七十七【马鞍儿】注云:"旧谱收节孝记【马鞍儿】曲,末后多排歌六句,似属集调,考《南词定律》,录分镜记曲,结尾无此六句,以节孝记曲入于集调,分析甚明,当从之。"查《南词定律》卷十二羽调犯调正载【马鞍歌】一曲,例曲为《节孝记》,十四句四十板,句韵为:马鞍儿全7+6+7+7+6+7+7+8排歌合至末3+3+7+3+3+7,吴梅《南北词简谱》卷十【马鞍儿】注中亦云:"旧谱所收'晓莺隔叶'一支,是犯【排歌】,非正曲也。故列入集曲。"故知《节孝记》于律不严,【庆时丰】与【庆丰歌】之区别、【马鞍儿】和【马鞍歌】之两异,已成曲家共识。刊本之【庆时丰】,后半既非排歌,不合于蒋谱及《昆腔谱》,又不合于《九宫大成》《南词定律》《南北词简谱》,查其后半句韵,正合《南词定律》等谱所载之【庆时丰】,所以抄本把它独立出来作【又一体】,最为合律。

刊本:【马鞍儿】虽是他同心缕带牢拴锁。则怕那娘亲难定夺。少什么买娇满斛珍珠颗。肯长把东床虚左。(宾白略)掏遍了纤纤春笋。泣损了滴滴秋波。若今生难得双头合。便选遍娇娥。谁似他这般停妥。(宾白略)辜负你情儿厚恨转多。俺做了亏心短倖郎轻薄。只落得愁如织意似梭。奈奈迢迢两地隔关河。

抄本:【羽调正曲】【马鞍儿】㊂是恁囘㊁缕带牢拴锁韵则囘娘亲的态轻夺韵少甚㊃㊄娇滿斛明珠列句东床位首待时多韵(宾白略)掏遍㊆纤纤玉

笋㈣泣伤他一对秋波㈣若今生并头难合㈣娇娥寻遍㈣㈣㈣还能似他㈣（宾白略）【羽调正曲】【庆时丰】㈣㈣情儿厚也愁无那㈣㈣㈣负心亏倖意轻薄㈣只㈣㈣㈣心如织意如梭㈣迢迢川地关河大㈣

考辩：《南词定律》卷十二【羽调过曲】【马鞍儿】八句二十六板，句韵：7+6+7+7+6+7+7+8，抄本全与此合；刊本为：7+6+7+7+6+7+7+8+7+7+7+7，与律不合，而后半亦非排歌，与节孝亦不合，实则末四句应析出为【庆时丰】，抄本正确。

11.刊本第二十一出，抄本卷下第六出

刊本：【仙吕宫过曲】【六么令】一朝荣耀。似赤子全凭怀保。念栽培难报深恩。倾千金为选多娇。歌筵舞席待深宵。聊代躬亲箕帚劳。

抄本：【仙吕宫正曲】【玉胞肚】今朝荣耀㈣似婴儿全凭沐膏㈣念栽培莫报深恩㈣备千两为选多娇㈣歌筵舞席待深宵㈣且代躬亲挟帚劳㈣

考辩：《南词定律》卷九【双调过曲】【玉胞肚】六句二十板，句韵：4+7+7+7+7+7，《九宫大成》亦同，抄本格律全合，惟题仙吕宫，而《九宫大成》正作仙吕宫，吴梅《顾曲麈谈》和王守泰《昆曲格律》皆列有仙吕入双调一类，其笛色相同，故可互犯。《南词定律》所载【六么令】及【前腔】皆为六句十八板，句韵皆为：4+7+7+6+7+7，《九宫大成》作仙吕宫，板式句韵皆同，刊本与此不合，而与【玉胞肚】同，如合此，则刊本第四句须有一字作衬，而《南词定律》此两曲皆无加衬之例，故从抄本为宜。另外，关于【玉胞肚】，吴梅在《南北词简谱》【玉抱肚】注中说："抱肚是带之通称。玉抱肚即玉带也，王伯良《曲律》中辨之颇详，可参考。今人作'胞肚'，误。"《南词新谱》卷二十三亦作【玉抱肚】，此说可从。

12.刊本第二十二出，抄本卷下第七出、第八出

刊本：【二莺儿】（二郎神换头）缱绻。定放不下陌路视萧郎冷面。（宾白略）他从未蝶粉蜂黄轻被沾。（黄莺儿）还待俺风流京兆才画出眉如线。（宾白略)感深恩独遍。怅离情正牵。(二郎神)这邂逅知非偶然。喜他乡遇故知且漫流连。

抄本:【商调集曲】【二郎抱公子】(二郎神首至三)牵绺(韵)从来不是(读)萧郎冷面(韵)(宾白略)蝶粉蜂黄轻被沾(韵)(金衣公子三至五)风流京兆眉如线(韵)(宾白略)深德独偏怅情正惋(二郎神七至末)逢邂逅交缘不浅(韵)请回船(韵)他遇相知(读)且相流连(韵)

考辩:按,【二莺儿】有三体,一为《南词定律》卷十【商调犯调】【二莺儿】,九句二十六板,句韵:二郎神首至合10+8+4+6+8+7 黄莺儿合至末3+4+5;二为《昆腔谱》卷十六,犯调【二莺儿】,句韵:二郎神首至三+黄莺儿三至五+二郎神七至终;三为《九宫大成》卷五十八【二莺儿】(《寻亲记》)句韵:二郎神首至三3句+7+7 莺啼序第五句7 黄莺儿四至五4+4 二郎神七至末7+3+8。一对比即可看出,实际上【二莺儿】只有两体,《九宫大成》不过是将《昆腔谱》中的"二莺儿三至五"拆成了"莺啼序第五句"和"黄莺儿四至五",句韵则完全相同,此又是将集曲中之曲牌又析而为集曲之一例。《九宫大成》之所以将《寻亲记》中这一曲定为【二莺儿】,是因为它后面又收了一个【二郎抱公子】,句韵为:二郎神首至三2+8+7 金衣公子三至五7+4+4 二郎神七至末7+3+8,亦出自《寻亲记》,句韵与《昆腔谱》全同,与前面之【二莺儿】亦无差别,《九宫大成》的作者可能是过于信任《寻亲记》了,而没有看到戏曲剧本创作的大量实例。实际上,《九宫大成》中的那个"金衣公子"就是"黄莺儿"的别称,《南词新谱》载【黄莺儿】一体,注云:"一名金衣公子";吴梅《南北词简谱》卷九,南商调【公子集贤宾】注云:"此以【黄莺儿】为主,而别犯他曲者也,类列如下。【黄莺儿】一名【金衣公子】。集曲中就文义标题,或从旧名,或称公子,未可一律焉。"《九宫大成》的作者也明白,如所收【公子穿皂袍】一体,句韵:黄莺儿首至合+皂罗袍合至末,注云:"旧名黄莺穿皂袍",又收【金衣间皂袍】一体,句韵为:黄莺儿首至合+皂罗袍五至八+黄莺儿六至末。所以《九宫大成》中的【二郎抱公子】就是它于同卷收录的【二莺儿】,其仅凭《寻亲记》而分作两体,实在毫无意义。而《南词定律》中的【二莺儿】与【二郎抱公子】是别为一体者,故可兼收而不犯重出之病。《南词定律》中之【二郎抱公子】(换头)九句二十六板,句韵为:二郎神首至三 2+8+8 黄莺儿三至五 7+4+4 二郎神七至末 7+3+9,与《九宫大成》稍异,盖曲牌中增减一二字,不足为怪,《九宫大成》即因多收异体而为人所诟病。刊本、抄本皆与律合,不过名称不同而已。

刊本:【二犯二郎神】(莺啼序)欲言又忍先泪涟。(宾白略)可怜他抱恨黄泉。(宾白略)他权势加临生逼遭。肯放过当前美艳。(宾白略)他抱定旧日鸳盟一命捐。空向那岳阳楼留题节显。(宾白略)我曾亲临奠。只见他三尺坟高。一抔土浅。

抄本:【商调集曲】【莺啼御林】(莺啼序首至合)将言又忍先泪涟(韵)(宾白略)可怜他抱恨黄泉(韵)(宾白略)他仗权势强逼生凌(句)肯放过近前美艳(韵)(宾白略)他抱定旧鸳盟一命轻捐(韵)空向那岳阳楼留题节显(韵)(宾白略)(簇御林合至末)我曾奠黄泉(韵)只见他坟高数尺(句)没个信音传(韵)

考辩:《南词定律》卷十【商调犯调】【莺啼御林】(换头)九句二十六板,句韵:莺啼序首至合 7+7+7+7+7+7 簇御林合至末 3+4+5,抄本全与此合,刊本曲牌题作【二犯二郎神】,亦合律,考辩可参见第十九出,此处仅于句首题【莺啼序】,漏标【集贤宾】。刊本曲词与抄本无甚区别。

13.刊本第二十三出,抄本卷下第九出

刊本:【红绣鞋】何方异兽狰狞。狰狞。猛然跳出堪惊。堪惊。奔出院。敢留停。魂出壳。胆战兢。更腿酥。脚软难行。难行。

按:后接三支【前腔】,句韵皆同:6+2+6+2+3+3+3+3+3+4+2。

抄本:【中吕宫正曲】【红绣鞋】何方异兽狰狞(韵)狰狞(格)俄然跃出堪惊(韵)堪惊(格)奔出院(句)敢消停(韵)魂出壳(句)胆儿惊(韵)还腿软(句)步难行(韵)

按:句韵为:6+2+6+2+3+3+3+3+3+3,后又接三支【又一体】,句韵如上。

考辩:《南词定律》卷六【中吕过曲】【红绣鞋】正格,十句二十四板,句韵:6+2+6+2+3+3+3+3+3+3,抄本与此合;【又一体】,十一句二十七板,句韵:6+2+6+2+3+3+3+3+3+4+2,刊本与此合。

点校说明

　　本书以河北大学图书馆藏嘉业堂旧藏《玉狮坠》为底本整理。本书的整理点校遵循古籍整理的一般原则。底本中的异体字、俗体字一般改用通用规范字代替,有特殊意义的一般予以保留。本书部分文字涉及校勘,有形近而讹者,则适当保留少量繁体字。倒错及避讳缺省字,径自改之,不出校记。原书中模糊不清或缺字者用"□"标识。底本中以朱点点于字上来表示衬字,今以字号较无朱点字小表示。限于点校者的水平,舛错在所难免,尚祈斧正。

　　此次点校整理工作幸蒙河北大学李俊勇教授、赵林涛教授和于广杰教授的悉心指导,谨于此致以诚挚的感谢。

目录

卷上

第一出　明大义开场始末 …………………… 002

第二出　尽交情祖钱杯觞 …………………… 003

第三出　脱烟花完璧归舟 …………………… 007

第四出　市官爵当权行乐 …………………… 011

第五出　梗化顽苗夸悍健 …………………… 014

第六出　泊湖行桴恰奇逢 …………………… 017

第七出　巧闻筝意寄新词 …………………… 020

第八出　喜停榔缘头初会 …………………… 023

第九出　千金不惜为蛾眉 …………………… 028

第十出　一宝忽遗成逋客 …………………… 032

第十一出　订美约烈女留情 ………………… 035

第十二出　伏神狮上仙作美 ………………… 041

第十三出　死爱妾贪官侦艳 …………… 045

第十四出　待才郎贞女停筝 …………… 047

第十五出　胁美空依权要势 …………… 050

第十六出　留宾喜得故交才 …………… 054

卷下

第一出　度龙女现身说法 ……………… 060

第二出　幻渔婆授宝弭灾 ……………… 065

第三出　扫槊枪苗蛮拱服 ……………… 070

第四出　毁妆夋节操完全 ……………… 073

第五出　夜逃幕府本情钟 ……………… 077

第六出　病入留仙还气苦 ……………… 082

第七出　遇盟弟细诉离愁 ……………… 085

第八出　醉船家误传凶信 ……………… 090

第九出　神惊奸相保贞姬 ……………… 094

第十出　误祭孤坟伤墨迹 ……………… 098

第十一出　欣献凯绩奏元戎 …………… 102

第十二出　大登科忠纠奸佞 …………… 104

第十三出　化医生非爱奸臣 …………… 110

第十四出　遣妖祟巧成好事 …………… 113

第十五出　凑天缘团圆奇幻 …………… 116

第十六出　收至宝指示昭明 …………… 123

卷上

第一出

明大义开场始末

(杂扮四开场人,各戴大页巾额,簪孔雀翎、花雉翎,穿开场衣,系鞶带,执如意,从两场门分上,分白)

【满江红】午夜挑灯(句)。听沉寂(读),戍楼更鼓(韵)。有谁知(读),三年为客(句)。闷怀如许(韵)。恨拥强拚杯尽醉(句)。愁多悉向词中吐(韵)。更潇潇(读),户外响梧桐(句)。凄风雨(韵)。虚影处(韵)。平生遇(韵)。流水样(句)。年华度(韵)。痛飘蓬(句)。一事不成空噱(句)。客子梦劳犹未已(句)。佳人路远归何处(韵)。肯等闲(读),抛掷任东风(句)。儒冠误(韵)。

【沁园春】黄损狂生(句)。水西干谒(句)。远来楚襄(韵)。恰听筝湖上(句)。舟中投咏(句)。倾囊求见(句)。欢结鸾凰(韵)。欲买蛾眉(句)。拚捐狮坠(句)。谁识神狮中夜亡(韵)。涪州约(句)。恨佳人面订(句)。别去凄凉(韵)。堪伤(韵)。选艳豺狼(韵)。早坚志(读),留题过汉江(韵)。纵逾垣追访(句)。当廷劾要(句)。徒轻荣贵(句)。空断肝肠(韵)。亏遇金仙(句)。转烦龙女(句)。授宝全操终得双(韵)。狮儿坠(句)。果千秋怪幻(句)。异话潇湘(韵)。(同白)黄益斋闻筝求凤侣,裴玉娥题句誓鸳俦。汉钟离伏狮云梦泽,龙王女授坠岳阳楼。(从两场门分下)

第二出

尽交情祖饯杯觞

鱼模韵　昆腔

（生扮黄损，戴巾，穿青素圆领，系鸞带，持扇子，上系玉狮扇坠，从上场门上，唱）

【正宫引】【喜迁莺】时乖难遇(韵)。枉八斗胸藏(读)，唾手珠玉(韵)。啸傲云山(句)。沉酣花酒(句)。懒终朝咕哔诗书(韵)。空四壁雄心仍在(句)。掷地作金声词赋(韵)。疏放性(句)。任撩衣脱帽(读)，起舞豪呼(韵)。(中场设椅，转场坐科，白)世事有升沉，浮云寄天地。读书几等身，落落不得志。旷怀古之人，今人宁鄙弃。混迹泥涂中，高歌但沉醉。破产不为愁，浪游浑闲事。何时遇知音，一吐胸中气。小生姓黄名损，字益斋，秣陵人也。先人曾居大司马之职，母亲诰封县君，椿萱早逝，孑然一身，尚无妻室。虽有祖遗财产，但小生性喜交游，情耽豪放，不须几载，荡然一空。止有祖上当日出使于阗，得来美玉一方，命高手匠人，雕成一玉狮坠，极尽天工人巧，诚为稀世之物，以做传家之宝。所以田园典尽，还留得此坠，常佩在身，不忍弃去。但小生夜来细想，如此坐吃山空，终非长计。近闻滇南苗民作乱，朝廷正需人才效用。那水西征蛮大将军，姓安名毅，乃我父亲好友，又系文武同年，常有书来接我，只因路途遥远，尚在踌躇。如今想来竟去投他，且图个出身道路。一发将这房屋卖了，清偿酒肉各账已毕，下余几两银子，留做盘缠。所有家童，向已散去，止得一个跛足老仆，相随不舍,不免携他做伴,一同前去。瘸老儿那里?(副扮瘸老,戴毡帽,穿道袍,系搭包,从下场门上,白)少主贫非病,老仆跛能履。相公有何吩咐?(黄损白)我欲往水西帅府,图些事业,你可能随行去么?(瘸老白)咳,当日先老爷留下家童数百,今见世业凋零,都已散去,止有老奴一人。相公今日远行,老奴如何放心得下,就是身带残疾,少不得挣挫前去。(黄损白)咳,难得你一片好心,就去收拾行李,明日起身便了。(起,随撤椅科,同下场门下。生扮金白焕。杂扮卜知非、刘拓国、骆德禧,各戴毡帽,穿道袍,执笙、笛、鼓板、葫琴、竹筐、酒壶、手盒,同从上场门上,分白)丝竹纷纷尽日忙,只愁辜负少年场。那堪送别阳关道,齐下西风泪数行。小子金白焕,小子卜知非,小子刘拓国,小子骆德禧,我们一般少年子弟,都会品竹弹丝,歌词度曲,与黄益斋结拜为友。闻得他有志远游,特来饯别。黄大哥有么?(黄损从下场门上,作相见科。同作进门科。黄损白)小弟正要奉请众位到来作别。手中甚么东西?(卜知非白)兄弟们因大哥求取功名,不好留阻。但如此远别,难以为情,聊备一樽,特来公饯。(骆德禧白)这是店中买的一只小熏鸡。(刘拓国白)两瓶惠泉酒。(金白焕白)一包瓜子杂果儿。(黄损白)那要列位破钞,小弟已备得酒筵在此,瘸老儿可取去,看酒过来。(瘸老从下场门下,取酒壶,随上。金白焕白)大哥平时最喜音乐,兄弟们带得笙笛鼓板在此。今当远别,大家吹唱一回,以尽一宵之乐,不知尊意若何?(黄损白)如此甚妙。就请坐下罢。(场上设桌椅,桌上安手盒、酒钟,各坐科。瘸老作送酒科。众起吹弹科。金白焕等四人同唱)

【正宫正曲】【玉芙蓉】 盘中列美蔬(韵)。座上饶丝竹(韵)。恰新秋一片(读),云练横铺(韵)。(白)大哥。(唱)愿你高谈贵相驰文誉(韵)。抵掌王侯显庙谟(韵)。(合)多奇遇(韵)。不枉了学兼成文武(韵)。早赢他(读),华衣归里休只羡步兵厨(韵)。(黄损唱)

【又一体】羞为辕下驹(韵)。要学人中虎(韵)。仗风雷笔底(读),借箸前途(韵)。顾不得只身万里功名路(韵)。怕郦做苦志三冬章句儒(韵)。(合)天南处(韵)。便鸿飞难渡(韵)。怕甚么(读),烟波横绝洞庭湖(韵)。(金白焕等四人白)大哥万里前程,功名可待。止丢下我们在家,毫无生计。那还有似大哥恁慷慨仗义的,常来看顾了。(作悲科,唱)

【正宫集曲】【朱奴插芙蓉】〔朱奴儿首至六〕羡君家倾财丈夫(韵)。每日价席前歌舞(韵)。不惜缠头费敲鼓(韵)。频回首艳华无数(韵)。君今去(韵)。问谁将酒沽(韵)。〔玉芙蓉末一句〕做不得(读),沿门鼓板只怕委沟渠(韵)。(黄损白)我想这吹弹歌舞,只好适志怡情,原是靠他衣食不得的。小弟将一个家业荡尽,致今书剑飘零,去乡万里,岂得已乎?自今以后,众位兄弟,各须寻生意才好。(金白焕等四人白)生意没有本钱。(黄损白)也罢。我将盘缠留下些须,每人奉赠五十金,权为资本。且等我得志回来,再做道理。(癞老从下场门下,取银科。金白焕等四人白)大哥如此远行,盘缠尚恐不足,如何还顾得我们,决不敢受。(黄损白)我一主一仆,盘缠有百十余金足矣,但请收下。(癞老捧银,从下场门上,付黄损科。黄损付众,众谢科。黄损唱)

【正宫集曲】【倾杯赏芙蓉】〔倾杯序首至五〕从今后冷落红牙网织蛛(韵)。休把生涯误(韵)。休念我日暮途穷(句)。打曲花边(句)。那还似对酒狂歌(读),挟妓呼卢(韵)。(白)但有日得志归来呵。(唱)〔玉芙蓉四至末〕少不得重翻绣谱歌金缕(韵)。一凭他倒尽银浆漏玉壶(韵)。(合)今日个飘然往(句)。只随身剑履(韵)。望白云回首(读),飘缈是三吴(韵)。(白)天色已明,小弟已叫下船只,在江干伺候。众位请回,就此拜别。(金白换等四人白)我等齐送一程,看大哥登舟为别便了。(众起,随撒桌椅科。癞老从下场门下,背包,随上。黄损唱)

【**不绝令煞**】怪秋宵易尽难相聚(韵)。(金白焕等四人白)大哥。(唱)且郑重远道风霜七尺躯(韵)。(同唱)只落得泪洒江干来饯祖(韵)。(杂扮一船家,戴草帽圈,穿喜鹊衣,系腰裙,持篙竿,从下场门上。黄损、瘸老上船科,白)吴江枫冷落扁舟,此去天南极尽头。(金白焕等四人白)分手归来庭树在,共谁花下整歌喉。(金白焕等四人从上场门下。黄损、瘸老、一船家从下场门下)

第三出

脱烟花完璧归舟

家麻韵　弋腔

(丑扮六铁汉,戴草帽圈,穿喜鹊衣,搭腰裙,系搭包,作矮人状,从上场门上,唱)

【棹歌】侬配子个阿婆止半截子高,哎哟哟看了他两奶大似子个瓢。仰起面来遮了子个眼,哎哟哟压在头上伸不起子个腰。(白)自家通州马头一个船户,姓陆,乳名铁汉。只因身材生得矮小,这些同伙船户,将我名字陆铁汉,顺口呼为六折半,道我这身子,只得人身折半长。又道当年武大郎,叫做三寸丁,我这六寸折半来,也止得三寸。这个也叫六折半,那个也叫六折半,倒把俺这陆铁汉,丢过一边了。你道这些狗才,嘴尖也不尖?自古道人无浑名不发,这也由他罢了。闲话少说,前日京师下来一个乐户薛老娘,带着一个女儿,叫了俺的船,要回到四川涪江去。那小娘子生的好个模样儿,足有十分人材,那里像个姊妹,倒像个良家闺女,害羞见人。一路来躲在舱中,窗扇不开,端然不动,却也难得。莫要管他,今日靠天风顺了,不免扯起篷来。阿婆那里?(杂扮船家婆,戴草帽圈、牛心纂,搭包头,穿布衫,系腰裙,从上场门上,唱)

【又一体】嫁的个丈夫大似子个枣,哎哟哟亲子个嘴儿弯酸子个腰。但爬上肚皮要俺费劲子个扯,哎哟哟只好替老娘闻闻子个骚。(白)阿公叫甚么？(陆铁汉白)阿婆,你看今日好顺风,也不用使篙动桨,你帮我扯起篷来,跑他一程,有何不可？(船家婆白)如此甚好。(同从下场门下。旦扮裴玉娥,穿衫,从上场门上,唱)

【中吕宫引】【金菊对芙蓉】 流落风尘(句)。衷情自冷(句)。人前说甚烟花(韵)。早持身端洁(句)。似玉无瑕(韵)。闲来绣榻翻书对(句)。羡贞静贤达堪夸(韵)。月透纱窗(句)。爱银筝细谱(句)。玉指轻抓(韵)。(中场设椅,转场坐科,白)莲本出淤泥,亭亭香净远。妾貌亦如花,妾心能不染。落籍在娼门,见人独腼腆。但愿并头开,十年节自显。奴家裴氏,小字玉娥,蜀中涪州人也。生本良家,父为舟贾,不幸资本漂没,二亲抑郁身亡,并无兄弟。奴家年方数岁,即被邻母薛氏,抚为己女。这薛氏母亲,家本狎邪,一向在籍长安。先前一女,名唤琼琼,曾得郝善素传授,以调筝擅名曲部。奴家亦得琼姐所教,私自学习,调弄颇精。但常想此身,本非贱质,岂肯也逐浪随波,一般去迎新送旧,做那些没廉耻的勾当。虽母亲百般劝导,我惟矢志不移,彼亦无奈。昨因琼姐入宫供奉,俺因劝母亲告求脱籍,买棹还乡。天呵,但不知我裴玉娥,将来如何一个结局也。话犹未已,母亲入舱来了。(老旦扮薛氏,穿老旦衣,系手帕,持扇子,从上场门上,唱)

【仙吕宫引】【卜算】 碧水带残霞(韵)。一叶孤帆挂(韵)。不堪俯首忆京华(韵)。寂寞西风下(韵)。(场上设椅,各坐科。薛氏白)老身薛氏,乃京师乐户中一个教头是也,本贯涪州人氏。亏女儿薛琼琼入宫供奉,得以告官脱籍,买棹还乡。虽免了承值当差,许多答应,但我们这样人家,全靠几个少年子弟,挥金买笑,吃饭穿衣。我儿,你自幼父母双亡,我抚养你成人长大,看你色艺才情,还高出琼姐之上。若肯依我入了这条道路,怕没有填门车马,列座佳宾,缠头锦叠翠堆红,买花钱盈千累万,一任你嘲风笑月,瀸雨尤云,朝朝寒食,夜夜元宵,岂不是一生受用,连老娘带挈风光。怎奈你心高性傲,娇脸娇羞,今交一十五岁,还不肯出见一人。我又怜你自幼相依,舍不得十分凌逼,但恐岁月如流,红颜易老,错过了好光阴,后悔无及。便是俺做娘的,抚养你一场,岂不亦付之流水?(裴玉娥白)母亲,孩儿不幸,幼丧双亲,蒙母亲抚育成人,岂不思捐躯以报?若似那倚门献笑,其实羞为,但想天生我才,必有我配。孩儿负此才技姿容,岂无一悦己者?只要孩儿相中其人,果然可事,情愿从一而终。那时教他慨出千金,为孩儿赎身之费,便可图报母亲养育之恩了。(薛氏白)我儿,说便如此说,你做娘的阅人多矣。见那些王孙公子,都不过浪蝶狂蜂,只图个眠花宿柳,何曾有千金选艳的实情种,则怕你这场痴想,总是徒然也。(唱)

【商调集曲】【金络索】〔金梧桐首至五〕你才同柳絮夸(韵)。貌比花枝亚(韵)。香蔻梢头(句)。正是时堪嫁(韵)。(白)总是做娘的怜惜你。(唱)似亲生没半点差(韵)。〔东瓯令二至四〕从不舍动鞭挞(韵)。惯的娇痴愿转奢(韵)。(白)我想你不见人,人亦何从见你,就要从良呵。(唱)也须做出墙红杏春先亚(韵)。〔针线箱第六句〕怎比得幽谷芳兰自吐芽(韵)。〔解三酲第七句〕休教那(韵)。〔懒画眉第三句〕□春归去谢芳葩(韵)。〔寄生子合至末〕那一旦贻笑娼家(韵)。愧杀儿家(韵)。从嫁愿又成虚话(韵)。(裴玉娥唱)

【又一体】 蓬中自有麻(韵)。凤侣方同跨(韵)。宁学柳絮飘飘(句)。浪逐东风嫁(韵)。最厌填门车马哗(韵)。井中蛙(韵)。那识仙人名绿华(韵)。只要他红丝幕底闻名迓(韵)。我自在碧玉窗前选婿佳(韵)。愁没那(韵)。千金不惜买琪花(韵)。总一死衔结无差(韵)。感德无加(韵)。应报你恩来大(韵)。(薛氏白)罢罢罢。我年过半百,也管不得你这许多,只恐怕误了你年少青春。你既矢志如此,这也不须着急。且回到家乡,慢慢替你留意择

婿便了。(各起,随撒椅科。裴玉娥白)如此,多谢母亲。(唱)

【情未断煞】但多情偏豪侠(韵)。须慎重两情轻薄似桃花(韵)。(薛氏唱)只要那月下人儿来泛槎(韵)。(同从下场门下)

第四出

市官爵当权行乐

江阳韵　昆腔

（杂扮四院子，各戴罗帽，穿道袍，引净扮吕用，戴幞头，穿蟒，束带，从上场门上，唱）

【黄钟宫引】【玉女步瑞云】独秉朝纲(韵)。喜恩赏尽归吾掌(韵)。有敢不趋承相向(韵)。(中场设椅，转场坐科，白)独近天颜冠百僚，何须勋业著当朝。迎门冠带通金穴，永夜笙歌列翠翘。下官姓吕名用，开州人也。叨居相位，颇弄威权，心腹布于朝廷，贿赂通乎天下。顺我者进，何妨一岁九迁。逆我者亡，岂但终身不调。正是势焰熏天堪炙手，怨声满地岂寒心。幸际海内升平，国家无事，正好纵欲为欢，及时行乐。朝回无事，已吩咐设宴在秋香亭，赏玩芙蓉。左右，凡有谒见官员，一概都回，不许传报。(院子应科。杂扮门官，戴沙锅帽，穿青素，系縧带，持禀帖，从上场门上，作跪禀科，白)这是御史单希颜手本请安，伺候多时了。(吕用白)此乃我得意门生，着他进来。(门官白)领钧旨。(作出门科，白)单老爷有请。(丑扮单希颜，戴纱帽，穿圆领，束带，从上场门上，白)面堆粉墨皮须老，体带脂韦骨自柔。(作进门拜见科，白)沐恩门生单希颜，叩请老恩师大人万福金安！(吕用白)来得正好，老夫设宴在秋香亭，玩赏芙蓉，就和你同去一乐。更了大衣。(单希颜白)多谢恩师。(场上预设桌，桌上安放氅科，内作乐。吕用、单希颜换氅，随撤桌科。众绕场科。同唱)

卷上　011

【黄钟宫正曲】【画眉序】一片好秋光(韵)。云净天高浩气凉(韵)。况奇花怪石(读),交映回廊(韵)。呈玉质遍簇瑶阶(句)。争冶艳大开花障(韵)。(作到科。门官、四院子从上场门下。杂扮四女乐,各戴过梁额,穿舞衣,从下场门上,同唱,合)翠围珠绕同欢乐(句)。女乐奏仙音的嗅(韵)。(场上设桌椅,吕用、单希颜各坐科。二女乐从两场门分下,取酒器随上,作送酒科。□□唱)

【又一体】丹桂暗飘香(韵)。筵上风来鹤氅凉(韵)。怕玉薤两岸(读),妒煞红妆(韵)。浮金液花鸭银池(句)。滴玉露飞龙珠帐(韵)。(合)翠围珠绕同欢乐(句)。女乐奏仙音的嗅(韵)。

【黄钟宫正曲】【滴溜子】行云住(句)。行云住(叠)。歌喉流响(韵)。翻红袖(句)。翻红袖(叠)。明霞晃荡(韵)。低回(读),舞来千状(韵)。(合)杯酒泛流霞(句)。玉庭美酿(韵)。夸甚他人(读),羊羔味香(韵)。(吕用白)日才正午,可撤过酒筵,教众妓女歌舞一回。与贤契登洁光楼,凭栏一望何如?(单希颜白)如此更觉有趣。(起,随撤桌椅,众绕场作登楼科。吕用、单希颜唱)

【黄钟宫正曲】【鲍老催】踏来屐响(韵)。羡珠甍倚伏题玉榜(韵)。锁雕栏槛外晴云扬(韵)。(单希颜白)美哉楼也。你看金屋辉煌,曲房窈窕,珠帘掩映,兰麝氤氲。果然是天上琼宫,神仙玉宇。非老师洪福齐天,何以有此?(吕用白)此名洁光楼,一片红叶丹枫,濯濯可爱,最宜于秋。还有聚芳楼,春可观花;熏风楼,夏可避暑;迎阳楼,冬可围炉。此外则烟景楼、夕辉楼、遏云楼、瑞香楼、鸳鸯楼、翡翠楼、蝶梦楼、留仙楼,共十二座,名曰十二楼。楼中各置一美人掌之,一美人又统领歌妓二十名,随处答应,皆是老夫新建,以娱老景。怎奈楼虽告成,尚鲜佳媚,目今正在遴选,还不满数。(单希颜白)容门生代为访求。(吕用白)如此甚好。(唱)只是求佳媚(句)。细品跋(句)。休粗莽(韵)。要果然举国倾城样(韵)。独冠楼中群艳首(句)。(合)方可向温柔乡内图欢畅(韵)。(场上复设桌椅。单希颜、吕用各坐科。二女乐从两场门分下,取酒器,随上,作送酒舞科。吕用、单希颜起,随撤桌椅科。末扮内侍,戴太监帽,穿开场衣,带数珠,持本折,从上场门上。四女乐从下场门下。内臣白)楼上美人舞彩袖,朝中宰相乐衔杯。(作相见科,白)二位老先,好酒乐也。(吕用白)公公何事到此?(内臣白)这是广西巡抚高道,告病乞休一疏。圣上教咱送来与老先,或准或不准,朝中何人可当此职,即着老先一批,好发到吏部中去。(吕用白)那高道既然告退,还留他怎么?这广西巡抚,倒是一个美缺。(向单希颜白)就借重贤契做做去罢。(单希颜白)若蒙老师提拔,门生犬马难酬。(后场设桌,桌上安笔砚科。吕用作批本科,白)高道准以原品休致,其广西巡抚员缺,着御史单希颜去。该部知道。(内臣白)圣上即等回旨,告辞了。罗士域中虽不易,求才门下信非难。(仍从上场门下。吕用白)贤契就打点领凭赴任便了。(单希颜白)门生就此叩谢老师!(作拜科,唱)

【庆余】锦前程非意想(韵)。(白)老师呵。(唱)你高厚恩同应不忘(韵)。(吕用唱)须为我留意金钗绮罗行(韵)。(单希颜白)门生自当刻刻在念。(吕用从下场门下。门官从上场门上,白)恭喜恭喜!方才家相爷吩咐,禀见各官,一概不许传报。不是小官大胆,替单爷回的一声,错过这个机会,则怕这巡抚也轮不到你了。(单希颜白)多承错爱。待下官到任后,广西土仪当得奉敬。(门官白)好说。(单希颜白)莫道功名两字难,得君提起喜非凡。(门官白)须将古语从头记,朝内无人莫做官。(单希颜从上场门下。门官从下场门下)

第五出

梗化顽苗夸悍健

萧豪韵　昆腔

（杂扮二苗民，各戴发、大鼻子，扎手巾，穿刘唐衣裤卒裓，系肚囊，披刀，持金银人头，从上场门上，唱）

【双调正曲】【锁南枝】天产下(句)。一洞苗(韵)。缠头赤脚居土巢(韵)。耕织未相沿(句)。杀人为活把国课交(韵)。(白)俺们乃九溪十八洞苗民是也。俺这里不服天朝，别为一种，单靠杀人掳掠为生。苗主征收国课，止要杀得人头，掳得客货。一次比较无交，割去左耳；二次无交，割去右耳；三次无交，即时正法。今当比较之时，只得前往伺候。你看又一个兄弟来也。(杂扮一苗民，戴发、大鼻子，扎手巾，穿刘唐衣裤卒裓，系肚囊，持苗刀，从上场门上，唱，合)伏山林(句)。没的来客资剽(韵)。面俺爷(句)。少不得耳代宝(韵)。(作见科，白)哥们恭喜得宝了。咱是没宝的，还求哥们方便些。(二苗民白)少不得大家同求宽免，只怕俺爷的法度不容情哩。(内吹角科。三苗民白)爷传比了，快去伺候。(同唱)

【又一体】一听吹牛角(韵)。慌忙去赴交(韵)。早见营门开处(句)。排列戈戟如银(句)。听传令齐来较(韵)。(合)各把人头献(句)。客宝交(韵)。只怕博不得(句)。一声笑(韵)。(同从下场门下。杂扮四苗卒，各戴发、大鼻子，扎手巾，穿回回衣，系肚囊，引净扮苗王，戴狮盔，插雉翎，狐尾，大鼻子，穿回回衣，系肚囊，从上场门上，唱)

【仙吕调只曲】【点绛唇】背着天朝(韵)。谁知王教(韵)。无年号(韵)。占个窠巢(韵)。一任我施强暴(韵)。(中场设椅,转场坐科,白)泸水盘山密箐排,一夫当险万人摧。南人自是心难服,那有当年诸葛来。自家苗蛮洞主孟鸿图是也。本汉室孟获之苗裔,为九溪各洞之首领。自后汉以至前明,一姓相承,已经四十八代。洞中独自称尊,从不禀受正朝。而今明朝不知几代皇帝,每每兴兵进洞厮杀,要俺改土归流。俺们受不过他的拘管,因此纷纷反叛。两下伤残人民,不计其数。这九溪十八洞内,各房房寨主,思俺先祖功业独隆,依旧推俺为首,拥兵互相救护。负固又已多年,因此不时遣人潜出洞外,四处掳掠客商,以斩获人头,劫得金珠多寡,次第受赏。空手来见者,一次割去左耳,两次割去右耳,三次无获,即便正法。今当比较之期,传各苗子进见。(二苗民持人头、金银,从上场门上,作进见献人头、金银科。苗王白)好小厮,上功记赏。(二苗民作谢恩科,从下场门下。一苗民从上场门上,作进见不语科。苗王白)这厮不言不语,一定没有首级财宝。但系初次,且将左耳割下,赶出去!(作割耳科。一苗民从下场门下。苗王白)比较已毕。苗子们,唤蛮姑出来,歌的歌,舞的舞,饮酒作乐一番者。(众应唤科。杂扮四蛮姑,戴魔女头,穿女苗蛮衣,从上场门上,唱)

【仙吕宫正曲】【鹅鸭满渡船】小蛮姑随唤到(韵)。小蛮姑随唤到(叠)。只见彩线圈镮耳后飘(韵)。簪长蛇髻绕(韵)。簪长蛇髻绕(叠)。只见胸前绣袄(读),纽扣牢拴(句)。休轻教外人啰唣(韵)。裙拖地(句)。步步娇(韵)。犹记赶尽长虚那旧交(韵)。正是山腰眠未少(韵)。山腰眠未少(叠)。(合)今日个莺歌燕舞(句)。鸾颠凤倒(韵)。兀的谁是(读),豆蔻含苞(韵)。(作进见科,白)蛮姑叩头。(苗王白)坐下把盏。(四苗姑坐地科。四苗蛮从两场门分下,取酒器,随上,作送酒科,同唱)

【仙吕宫正曲】【赤马儿】 大啸添豪(韵)。浊醪共倒(韵)。听得飘过金风处(句)。唰喇喇响震林梢(韵)。还见嫩绿嫣红(句)。野花未落(韵)。这是天分南道(韵)。(合)那壁教他占了(韵)。这壁待吾占了(叠)。(苗王白)你们都随我到前山高处玩耍来。(苗王起,随撤椅科,同唱)

【又一体】 飞身直跃(韵)。四顾岩峣(韵)。烟岚半绕(韵)。空中鸢鸟也难逃(韵)。空中鸢鸟也难逃(叠)。喋喋悲鸣堕碧霄(韵)。(合)那壁厢教他占了(韵)。这壁厢待吾占了(叠)。

【仙吕宫正曲】【拗芝麻】 只见苗儿似虎骁(韵)。蛮女如花貌(韵)。短竹箫(韵)。山歌调(韵)。学把昆弦抱(韵)。金铙草鼓喊得如牛叫(韵)。(合)若把南天长占了(韵)。人生一样多行乐(韵)。(苗王白)天色已晚,各回窑安歇去罢。(同唱)

【有结果煞】 深林皓月光初皎(韵)。听山禽鸣声幽悄(韵)。且醉拥蛮姬进土窑(韵)。(同从下场门下)

第六出

泊湖行棹恰奇逢

庚青韵　弋腔

（生扮黄损，戴巾，穿道袍，持扇子。副扮瘸老，戴毡帽，穿道袍，系搭包。杂扮船家，戴草帽圈，穿喜鹊衣，系腰裙，持篙竿，同从上场门上。黄损唱）

【正宫引】【破齐阵】自把文毛成就(句)。青年欲步蓬瀛(韵)。未折高枝(句)。翻成落叶(句)。双鬓渐生华发(句)。掷尽黄金招人谤(句)。空饱诗书被物轻(韵)。英雄空泪零(韵)。(中场设椅，转场坐科，白)沦落英雄事若何，丰城有剑自须磨。而今作客浑闲事，不炼诗魔炼酒魔。小生自开舟长行以来，早过了九江府，望着汉口，你看好一派长江景致也。(唱)

【正宫正曲】【锦缠道】为功名(韵)。弃家园长途孤另(韵)。长叹恁飘零(韵)。俺本待扫犹猁(读)，笔尖一味横行(韵)。有谁能迷色分不开目睛(韵)。争多少哑文章屈煞奇英(韵)。怎奈得皓首尚穷经(韵)。生磨得毛锥秃颖(韵)。黄齑淡又清(韵)。(合)非容易铸名钟鼎(韵)。因此上向天涯(读)，千里奋鹏程(韵)。(白)且步到船头一看。(作起出舱四望科，白)果然这湖广地面，枕江带湖，形胜扼要称雄，不同他郡。(唱)

【正宫正曲】【山渔灯】说甚么浪淘淘把古今人物都淘尽(韵)。单则见对峙对峙南昌(读)，郁苍苍夏口遥相应(韵)。数不迭谁灭谁兴(韵)。且莫哭周郎吊孔明(韵)。笑吕蒙功业多偊俸(韵)。羡只羡大江东赤壁还青(韵)。总不如效东坡(读),乘舟那答行(韵)。夜静东山秋蟾皎(句)。云外空江鹤韵清(韵)。(合)思量定(韵)。偏许多逸兴(韵)。又何须词赋(读),当日楚些灵(韵)。(船家白)相公此去,还是求名遂志,果好通遂,自开船以来,一路大顺风。早过了汉口大江,又盼着洞庭湖相近了。(黄损仍坐科,唱)

【正宫正曲】【朱奴儿】 虽则俺穷时悲悯(韵)。今日呵驾长风破巨浪一时万顷(韵)。好似催送滕王阁畔行(韵)。还不让汉张骞槎泛仙庭(韵)。(合)乘秋意(句)。银汉问津(韵)。运至也浑无定(韵)。(白)天色已晚,不如早泊了船罢。(船家白)你看马头拥杂,那前面空阔处,早有一船泊住,我们就去帮着那船,并泊在一处也罢。(黄损白)说得有理。(唱)

【庆余】 盼不见巫山隐隐佛头青(韵)。俺也是悲秋客平生耿耿(韵)。(白)天呵!(唱)为问今夜阳台梦怎成(韵)。(黄损起,随撤椅科,从下场门下。丑扮陆铁汉,戴草帽圈,穿喜鹊衣,搭腰裙,系搭包,持篙竿,从上场门上,白)慢来慢来,看撞坏了俺的船。(瘸老白)江湖水面,大家照看着些。偏你这矮船家不省事吗?(陆铁汉白)你笑我矮,则怕你还矮的不全呢。(瘸老白)好笑,这矮有甚么全不全?(陆铁汉白)相俺矮子身躯,左右一般平,这不是全全美美?像你瘸子行路,一步高,一步低,分明是半边身子长,半边身子矮,岂不是矮的不全么。(瘸老白)这矮子嘴头尖巧,反被他取笑了。(船家白)大家不要斗嘴。风紧浪大,借重大哥相帮着,待我缆住了船,我们并泊在一处,岂不是好?(陆铁汉白)这个才是。请问大哥,船是那里来那里去的?(船家白)我们从秣陵江口,装来一位相公,要过湖去的。请问你这船上载的何人?(陆铁汉白)我这船上,是京师教坊司中下来两个女娘,送回涪江原籍,就要分路的。(船家白)这等,同住一宵,明早一齐开船罢。(陆铁汉白)如此甚好。(船家白)同是拿篙使舵人。(陆铁汉白)两舟并泊在江津。(瘸老白)正是有缘千里能相会。(同白)休道对面无缘不是亲。(瘸老同船家从下场门下。陆铁汉从上场门下)

第七出

巧闻筝意寄新词

尤侯韵　昆腔

（旦扮裴玉娥，穿衫，系腰裙，从上场门上，唱）

【中吕宫引】【菊花新】芳心敛定咏河洲(韵)。虽落烟花待好逑(韵)。岁月水空流(韵)。知甚日放开眉皱(韵)。(中场设椅,转场坐科,白)〔浪淘沙令〕孤舫泊江深，沙岸蛩吟，波涵蟾影动如金。触起断肠无限事，红已沾襟。夜静峭寒侵，怕展单衾，银筝挑动寄愁心。明月芦花何处觅，若个知音。奴家跟随母亲，欲回涪江原籍，来到荆襄，泊舟在此。母亲早安歇了，奴家只为宵长难寐，独坐片时。你看夜已深沉，邻舟寂静，不免调弄银筝，少舒愁闷。且住，那边窗儿逼近邻舟，不便开看，且开了这边窗儿，放进满船明月。(起,随撤椅,作开窗科,白)果好一派秋江明月也。(唱)

【中吕宫集曲】【好子乐】〔好事近首至四〕只见明月锁孤舟(读)，更千点星沉鱼罾(韵)。蒹葭一派(句)。倚逗着断堤疏柳(韵)。〔刷子序五至合〕堪羞(韵)。似他那当筵曲奏(韵)。俺止爱清幽静夜滩头(韵)。〔普天乐八至末〕寂寞耐深沉更漏(韵)。(合)且自把冰弦绕住(读)，银甲轻勾(韵)。(场右侧设桌椅、银筝、蜡扦等类,对面左侧设桌椅、蜡扦、笔砚等类科。裴玉娥入桌坐弹筝科。生扮黄损,戴巾,穿道袍,从下场门上,潜听科,白)妙哉妙哉，小生才待安眠，忽听邻舟调弄筝

声,披衣起听,不意铿锵迭荡,其妙一至于此。(唱)

【中吕宫正曲】【渔家傲】 好一似碎玉零珠错杂投(韵)。好一似竹韵铿鸣(句)。冰澌水流(韵)。好一似燕语呢喃莺歌滑(句)。好一似风雨空中骤(韵)。还一似铁骑金戈(句)。速飞来厮斗不休(韵)。(合)总则是切切凄凄一片愁(韵)。(白)小生前寓京师,曾在豫王府锦香园,为天下名流大会。筵席间闻得歌妓薛琼琼筝声,果得郝善素传授,可称天下第一。但他供奉内廷,民间已经绝响,不意此人指法,竟不出他之下。昨晚听得船家说,那邻舟女娘,也是京师教坊中脱籍回家去的,怎么有此绝技,都问并不知名,这也奇怪。(唱)

【正宫正曲】【锦缠道】 情微逗(韵)。毕竟是广陵散复奏(韵)。(白)莫非就是琼姐在此。(唱)难道旧知音重相遘(韵)。(白)且住,那琼琼当代名妓,供奉内廷,好不热闹。如何寂寞孤舟,独泊在此?(唱)敢是那下稍人(读),晚嫁商家感怀思旧(韵)。(白)哎,我听他悲吟长叹,寂寂莺声,一定是年少佳人。但不知何仇怨,因何至此?(唱)听莺声想玉指定纤柔(韵)。料不是抱琵琶羞人奇丑(韵)。似这般招客手(韵)。管多情司马(句)。青衫泪流(韵)。(合)待不将魂勾(韵)。恰篷窗隙底早被这艳情留(韵)。(白)喜得残灯未灭,笔砚现成,趁我狂兴勃然,写下情词数句,隔舟投去,挑他一挑,有何不可。(入桌坐写词科,白)词已写就,怎奈他船窗紧闭,不免轻弹几下,就在这板隙中塞进,看他如何,再做道理。(起,作弹指声,将词塞进,仍坐科。裴玉娥白)是谁弹指之声?呀,一张笺纸,从窗缝里丢入舱中,不免取来一看。(起,作取、坐看科,白)〔忆江南〕何所愿,愿做乐中筝。得近佳人纤手指,绮罗裙上放娇声。虽死也甘情。呀,何物狂生,这等冒昧!(唱)

【中吕宫正曲】【千秋岁】没来由(韵)。把珠玉轻挑逗(韵)。直认作由攀折柳线轻柔(韵)。(白)这字倒写的甚好。(复念词科,白)哎,此词字字清新,绝无俗艳,而且一派情深,跃跃纸上,信非才子多情,不能至此。只可惜他还不识我裴玉娥为何如人耳。(唱)仔细吟哦(句)。仔细吟哦(叠)。便虽然(读),痴情句多才绣口(韵)。(合)难将我(读),做云飘野岫(韵)。断肠事(读),他知否(韵)。他若待求佳偶(韵)。除非效丝鞭仕女(读),俺怎肯轻荐衾裯(韵)。(白)本待和他一首,只是夜静更深,男女有别,设或母亲闻知,反不雅相。我想此生如果钟情,必然访问我们行踪,焉肯当面错过。倘竟不瞅不睬而去,则直一轻薄之儿,亦可置之度外矣。不免息灯而寝,且自由他罢了。正是有情反觉无情好,吉梦那如愁梦长。(作起吹息灯,持灯从上场门下,随撤桌椅科。黄损白)呀,那船上一霎时黑暗无声,敢是美人见怪,故意不睬,吹灯而睡了。哎,天那!教小生一段痴情,向何处发放也。(唱)

【中吕宫正曲】【瓦盆儿】一似水寒人静(句)。空劳不饵下鱼钩(韵)。只落得缭乱客心愁(韵)。虽没见他花容月貌那娇羞(韵)。不由我系心苗(读),牵肺腑难丢(韵)。只觉得韵悠扬(读),余音尚未收(韵)。想仙音世间少有(韵)。(白)那美人呵。(唱)毕竟是霓裳队羽衣俦(读),广寒宫仙姬领袖(韵)。(合)偏做了(读),人去百花洲(韵)。(白)且住,那美人虽未回诗相答,幸而有心见容,小生既与相逢,焉肯错过,且待明朝细细问过船家,必须求他一见方好。只是而今这半夜的光景,好不难捱也。(唱)

【庆余】单则见碧峰江上还依旧(韵)。(白)美人呵。(唱)倒被你抓下心头一段愁(韵)。怎一似鼓瑟湘灵去不留(韵)。(从下场门下)

第八出

喜停桩缘头初会

东钟韵　弋腔

（丑扮陆铁汉，戴草帽圈，穿喜鹊衣，搭腰裙，系搭包，从上场门上，白）

好笑好笑又好笑，撞着个阿婆偏倒灶。牵头钱儿得弗成，管教落顿口皮燥。方才那邻舟相公，将我唤去，问俺舟中薛老娘的来路。俺便将他原系京师教坊，那小娘子十分美貌，且弹得一手好筝，一一说知。那相公欢喜不迭，就央我引进，欲求一会。我想姊妹遇嫖客，发市上门，便是那牵头钱，少不得俺船家一分了。谁知那阿婆竟是背财生，反被那小娘子唤进舱去，商量了一会，出来便道，我们乐籍已除，再不接客，我儿十分才貌，必须贵客良人，千金为聘，娶为正妻。我想天下除非缺了老婆种，那个王孙公子，娶你个娼妓做夫人。又说道我女儿生长一十五岁，从没见人，必须议就婚姻，先将定银一百两，以为见面遮羞之礼，然后可以一会，还要说过在先，并不接谈陪坐。我想人家姊妹们，陪酒唱曲，一夜睡到大天明，不过费一两半两的银钱，怎么拿出白晃晃元宝两大锭，只把你来眼皮上刮的一刮就是了，则怕人世上没有这样呆子，此事料想难成，不免回覆那相公一声去。（做跳过船科，白）伙计那里？（杂扮船家，戴草帽圈，穿喜鹊衣，系腰裙，从下场门上，白）方才修跳板，又待理篷绳。伙计，事已说就了吗？（陆铁汉白）不妥不妥，那相公何在？（船家白）正在舱中。（陆铁汉白）待我进去。（作进舱立科。船家

从下场门下。生扮黄损,戴巾,穿道袍,从上场门上,唱)

【越调引】【薄媚令】心烦意冗(韵)。一夜乱紫魂梦(韵)。听说娇姿种种(韵)。还如耳边厢(句)。声声玉筝拨弄(韵)。又将这豪情打动(韵)。(中场设椅,转场坐科,白)大哥来了,且问那事如何?(陆铁汉白)相公不要题起。(唱)

【南吕宫正曲】【红衲袄】则怪他乔家长语欠通(韵)。非是俺蠢冰人言无用(韵)。(黄损白)且问他怎么讲?(陆铁汉唱)倚着他似花枝一朵难相并(韵)。定要你行币聘千金不许轻(韵)。(黄损白)古人千金选艳,这也不多。(陆铁汉白)说他虽系教坊,已竟脱籍,必须贵客良人,方才许配。(唱)他则待选风流人似龙(韵)。(黄损白)似小生家第人材,料也配得他过。(陆铁汉白)还不肯偏房做小呢!(唱)你须是贮画堂看似凤(韵)。(黄损白)小生并未娶妻,这也依得。(陆铁汉白)还有一件,只怕相公依不得。(黄损白)还有那一件?(陆铁汉白)他说道那小娘子生长一十五岁,从没见人,今要相会,除是议就婚姻,先将百金为定,以做见面遮羞之礼,还有言在先,并不陪坐开谈,你道这个依得依不得?(唱)便着你逞豪华买笑挥金(句)。也(格)。还博不得好良宵欢笑同(韵)。(黄损白)细想他之所言,亦自有理,但是小生今日呵。(唱)

【又一体】偏则是客囊中愧未丰(韵)。怎使得向屏间轻射凤(韵)。(白)我想一到滇南,安年伯之处,向他借千金,亦是易事,只是这一时见面遮羞礼,却从何来?(唱)那能勾点黄金将礼币轻轻送(韵)。只落得忆将芳艳难梦成(韵)。(白)且住,想我一向留恋烟花,也只怕天生尤物,或多埋没其中,不意选遍青楼,都不过油头粉面,并没个国色天香。今彼口出大言,高抬身分,谅必有惊人姿态,与众不同。况其一曲银筝,已足令人心醉,小生既与相逢,焉肯错过。(唱)叹只叹选蛾眉总未逢(韵)。今怎肯轻撇下这可意种(韵)。

（白）小生检点囊箧，仅足百金，若将此银用去，前路盘缠，如何设处？（想科，白）有了，我将这几件行李，一路典卖前去，还可挨到滇南。不免搜括囊中，且仅此银数，与他送去，先求一见，再作商量。（唱）俺只愿一顾倾城纵死甘心（句）。也（格）。那顾得效吹箫悲路穷（韵）。（场上设设桌，桌上安放青素衣、鸾带、银包，黄损取银包付陆铁汉科）适才所言，小生一一如命。这是百两定金，权做遮羞之礼，就烦大哥做引，先求一见。（陆铁汉接银惊科，白）相公敢是取笑？（黄损白）那个取笑。（陆铁汉白）方才小人奉告在先，那小娘子止能一见，并不陪坐接谈。莫说那话儿，就是汤他一汤，略略讨个便宜，也是不能勾的。你平白丢此百金，莫要后悔。（黄损白）那个后悔。（陆铁汉背科，白）原来天地间，果有这般呆子，竟被那薛阿妈娘儿算着了，且自由他。（作向黄损科，白）相公既是如此，待小人将银先去说明，你随后过船来罢。（黄损白）小生随后便到。（陆铁汉白）正是情到痴时难自解，姻由数定岂人为。（从下场门下。黄损白）小生更换大衣，就过那船去也。（穿青素科，随撤桌科。黄损唱）

【南吕宫正曲】【懒画眉】 再整衣冠暗修容（韵）。自喜蓝桥有路通（韵）。来回修影兴匆匆（韵）。管教那人一见能知重（韵）。（合）怎能勾补和新词意转浓（韵）。（陆铁汉从上场门上，白）相公过船来了，老亲娘那里？（老旦扮薛氏，穿老旦衣，系手巾，持扇子，从上场门上，白）来了。（陆铁汉从上场门下。薛氏唱）

【又一体】 不意仙郎降舟中（韵）。恕不相迎礼未恭（韵）。（黄损白）小生萍踪相遇，轻造仙舟，久慕令爱才色无双，不识可容一见？（薛氏白）相公好说。君乃天上仙卿，世间名宿。小女蒲柳弱质，沦落泥涂，得蒙不弃，幸出非常，奚敢回避，且请坐下。孩儿快来。（唱）你看诚然佳婿号乘龙（韵）。不枉了良缘石上三生共（韵）。（合）亏杀你有意迟归愿易终（韵）。（场上设椅，各坐科。旦扮裴玉娥，穿衫，系腰裙，从上场门上，唱）

【又一体】妆成欲出敛羞容(韵)。回眼难禁粉面红(韵)。(作上拜见科,白)相公万福。(各起。黄损作忙答揖呆科。裴玉娥背科,唱)看他凌云气概吐长虹(韵)。那更风流人物多情种(韵)。(合)蓦地灵犀一点通(韵)。(作回顾科,从上场门下。黄损白)小生今日遇仙也。(薛氏白)相公请坐。(各坐科。黄损白)请问妈妈,那京师有个薛琼琼,供奉内廷的,不识可是妈妈一家么?(薛氏白)琼琼就是小女。(黄损白)原来如此,失敬了。当日小生曾寓京师,在豫王府锦香园,名流大会,筵席间得闻琼姐筝声,叹为当代第一。只因供奉内廷,不能再会,常觉悒然。今日得遇妈妈,实乃天幸。怪道这位令爱,指法一般奇妙,怎么京师,一向并未闻名,却是何故?(薛氏白)此实邻家裴姓之女,自幼父母双亡,弟兄无有,也是老身抚育成人,这筝声便是琼儿所授。但他一有知识,即便矢志从良,不肯接客,只思得一豪侠之士,慨然以千金为彼赎身。老身念其生本良家,不忍相逼。因此将他呵。(唱)

【南吕宫正曲】【刘泼帽】似亲生爱养如雏凤(韵)。出成他月貌花容(韵)。嫩生生蕊儿带露含苞重(韵)。(合)回避那游蜂(韵)。肯教把别意轻招动(韵)。(黄损叹科,白)此女有志如此,益发难得。(薛氏白)请问相公,何等家世?府上还有何人?(黄损白)小生父亲官居司马,母亲诰封夫人。(唱)

【南吕宫正曲】【东瓯令】本世族(句)。业兴隆(韵)。(白)只因双亲亡过呵。(唱)四海无家类转蓬(韵)。也曾千金一掷豪华性(韵)。笑文章成何用(韵)。(合)仗着俺绰纶撑腹待图功(韵)。也不让投笔觅侯封(韵)。(薛氏白)相公既欲求名,将投何处?(黄损白)而今水西帅府姓安名毅,乃我父亲同年,此去就要投他。(薛氏白)妾闻水西直在滇南,相去我原籍涪州,数千余里,从此扁舟一别,天各一方,相公功名迟早,焉可预定?设使音信难通,可不误了婚姻大事。况小女年已及笄,负此姿才,安能掩匿？倘再有物色之人,窃恐稀世奇宝,不复为君有矣。依老身愚见,何不就在这荆襄地面,先寻一安身之所,与小女成其夫妇,再去求取功名,以图远大。一则使小女终身有托,二来老身便可自回涪州,省了许多牵挂,道路奔驰,却不是何？(黄损白)妈妈此言甚善,容小生再思奉覆,就此告辞。(各起,随撤椅科。黄损唱)

【尚按节拍煞】葫芦提好会难轻共(韵)。只留得透罗襦麝兰带风(韵)。(作过舟作别科。薛氏白)恕老身不送了。(黄损白)妈妈请便。(薛氏从上场门下。黄损唱)则恨这一棂儿船窗似隔着几万重(韵)。(从下场门下)

第九出

千金不惜为蛾眉

江阳韵　弋腔

(副扮癞老,戴毡帽,穿道袍,系搭包,从下场门上,唱)

【高大石调引】【梅花引】东人作事太颠狂(韵)。为娇娘(韵)。尽倾囊(韵)。一见归来(句)。轻把那魂丧(韵)。似醉如呆浑不语(句)。也难顾外人笑断肠(韵)。(白)我癞老儿,跟随相公,出门干谒,来到荆州,泊船在此。谁知他听得邻舟娼妇调筝,打动往时情性,竟将盘缠,尽数凑银一百两,送为遮羞之礼,只去图得一见。我癞老儿倒在后厫,那里晓得。只听说明日还不开船,要打算千金银子,替他赎身,娶为妻室,这却不是痴了？莫说娼妇做妻不得,就是这千金之资,从何得有？你看他闷坐舱中,出神捣鬼,连晚饭也无心去吃,看来又好笑,又好恼。俺且坐在船头,看他如何。(从下场门下。生扮黄损,戴巾,穿道袍,持扇子,上系玉狮扇坠,从上场门上,唱)

【又一体】奇缘邂逅在潇湘(韵)。待白锃(韵)。易红妆(韵)。检点囊资(句)。不觉得惆怅(韵)。只有狮儿稀世宝(句)。又安识有人得货将(韵)。(中场设椅,转场坐科,白)小生自与裴玉娥相见,爱其色艺无双,欲娶为妇,但那鸨母之意,定要千金。我想若到水西,向我年伯商议,又恐从此歧路两分,遥遥千里,音信难通。似此尤物移人,安得久于韫椟,设为高材捷足者,预先得去,小生岂不枉费心机。直使半世痴情,终莫能遂,虽悔何及?无如检点行囊,便典尽衣衫,亦难措办。只有随身所佩玉狮坠一枚,乃我祖代传留,稀世之宝,可以价值千金。不免着人去到湖广城内,古董店中,市得千金之价,便可将来做聘,为彼赎身,以完我一世姻缘之分,今便弃此奇宝,也说不得了。且将瘸老儿唤进舱来,与之商议。瘸老儿那里?(瘸老从下场门上,作进舱科。黄损白)我因邻舟妓女裴玉娥,色艺无双,欲娶为妇,必须千金之价,为彼赎身。一时无措,只有随身所佩玉狮坠,实乃稀世奇宝,不免将去湖广城内,古董店中,若遇有人识货,卖得千金,便成此姻缘大事。你可到明早就去走遭?(瘸老作不语科。黄损白)你还不曾听得明白么?(黄损又重语一遍科。瘸老仍作不理科。黄损白)呀,我细细说了两遍,难道你还听不明白?你竟佯佯不睬,却是何意?(瘸老作哭科,白)当日先太老爷,颇颇一份家私,被相公挥金如土,弄得田园尽净,四海飘流,只剩有玉狮坠随身佩带。此坠乃你世代相传之宝,今为一个娼妇贱人,便欲一旦弃去,岂不果是一个败家精了?你道这样的话,教老奴如何忍听,如何忍言?(唱)

【仙吕宫正曲】【风入松】 听言不禁痛情伤(韵)。你祖世自来卿相(韵)。(白)怎今日呵,(唱)户庭落寞书香丧(韵)。怎不把故园收掌(韵)。(黄损作怒科,白)这是俺生未逢时,偶然落魄,你辄敢小觑于我!(瘸老作哭科,白)就是这玉坠呵,(唱,合)也是你传家宝世代收藏(韵)。怎舍得一旦里便沦亡(韵)。(黄损白)咳,蠢材!你那里知道,这玉狮坠虽系至宝,不过是一死宝,怎比得我那裴玉娥,乃是个活宝呢!(唱)

【又一体】 则他个玉人儿款软更生香(韵)。似解语一枝堪傍(韵)。况我孤身失偶年空壮(韵)。怎放着美缘不讲(韵)。(瘸老白)相公就要讲亲,也须是门当户对。一个娼家之女,甚么良缘。(黄韵白)蠢材!妓女从良,便可为

卷上　029

正。人生思得美妇耳,天下美妇人,那有美如裴玉娥者乎?(唱,合)可喜煞俊庞儿似粉捏琼装(韵)。金莲小玉尖长(韵)。

【仙吕宫正曲】【急三枪】 飐秋水(句)。蹙远黛(读),樱桃放(韵)。刚一声万福也(读),早把人兴勾狂(韵)。描不出他多美态(句)。容生艳(读),兰麝扬(韵)。(合)果然赛西子(读),胜毛嫱(韵)。(癞老白)相公,岂不闻书中有女颜如玉。(唱)

【仙吕宫正曲】【风入松】 你放着文章本业自抛荒(韵)。何不把诗书勤讲(韵)。但有日名题雁塔青云上(韵)。怕没有持莲炬绣娥相傍(韵)。(黄损白)咳,(唱,合)现放着可意种从天下将(韵)。不由得系情肠(韵)。

【仙吕宫正曲】【急三枪】 恁风流艳(句)。你莫把鸾凤(读),比乌鸦样(韵)。(癞老白)甚么凤凰?(唱)这是迷魂阵(读),检尸场(韵)。只这个(句)。坑人窟(读),无倚傍(韵)。(合)你何苦向其内(读),觅灾殃(韵)。(黄损作怒科,白)这狗才,益发放肆无礼!(唱)

【仙吕宫正曲】【风入松】 敢欺吾落魄在江乡(韵)。恼得我怒冲冲气腾千丈(韵)。(白)有日呵。(唱)一枝丹桂把蟾宫傍(韵)。定是彼素娥相赏(韵)。(癞老作哭科,白)老奴句句忠言,相公不听也罢。只是要去卖玉狮坠儿,老奴其实不忍。(黄损白)俺偏要你去。(癞老白)老奴不去。(黄损作怒打科。癞老白)相公打死小人,也是不去的。(黄损白)果然不去?(癞老白)不去,不去。(黄损白)呀,难道我不会自卖。就不要你去,就不要你去。(唱,合)我怀中宝求沽自当(韵)。又何事把人央(韵)。(癞老作大哭科,白)可惜这世代传家之宝,今日为这娼妓,便一旦送与他人了。(从下场门下。黄损起,随撒椅科,黄损白)好无来由,被这老奴才絮絮叨叨,咭咭咶咶闹了半夜,几乎误我大事。(作闭门科,白)且把舱门关上,和衣暂睡一时,等到天明,取了玉狮坠,自到湖广城内走一遭也。(场后预设桌椅,桌上安灯,黄损入桌坐解坠玩科,白)你看这坠,果然好一块美玉!光明温润,通体无瑕,便是这狮儿,神气如生,实乃至宝。咳,玉坠玉坠,非是我舍得将你来出卖,你须念小生呵。(唱)

【仙吕宫正曲】【忒忒令】叹萧条空囊自伤(韵)。无有室凄凉情况(韵)。纵有美人恰遇(读),难共偕鸳帐(韵)。(白)玉坠呵。(唱)便把你随身佩袖中藏(韵)。(合)你可学得窗中马(读),乌衣燕(句)。扶我过那舫(韵)。(白)玉坠玉坠,想你在我家,已非一日,我祖父何等将你来宝重。小生今日这一段姻缘,全托赖在你,你须听我吩咐者。(唱)

【仙吕宫正曲】【沉醉东风】念相依悠悠岁长(韵)。辞故主把新人投向(韵)。愿此去好门墙(韵)。早遇着多情识赏(韵)。莫视同燕石致相轻谤(韵)。(起,作拜揖科,白)你须受小生一礼。(唱,合)拜托尔行(韵)。生受尔行(韵)。尔须怜我(读),趁得千金善价偿(韵)。(白)身子困倦,不免将坠儿放在枕边,且自安息。正是愁难合眼权欹枕,事实关心但强眠。(作执坠科,从下场门下,随撤桌椅科)

第十出

一宝忽遗成逋客

江阳韵　昆腔

(杂扮白狮,穿狮形切末,系汗巾,从下场门上,跳舞向下点头科,从上场门下。生扮黄损,戴巾,穿道袍,从下场门急上,白)

怪哉怪哉。小生方才朦胧睡去,忽然见一异兽,从我枕边跳出,遍身莹白长毛,俨然玉狮形状,跳舞前来,向我点头作别,随即足踏祥云,腾空而去。呀,那玉狮坠儿,我记得昨晚解下,放在枕边,怎么一时摸不着,待我点灯看来。(从下场门下,持灯随上,中场设桌。黄损作照科,白)呀,你看舱门未开,行李如故,单一个玉狮坠,遍寻不见了,天地间有这样奇事?癞老儿快来!(场上撤桌,随设椅,黄损坐科。癞老在内,白)天色尚早,你要卖玉坠你自去,老奴是不去的。(黄损白)哎,那个要你去卖玉坠?我有话对你讲,你且快来。(副扮癞老,戴毡帽,穿道袍,系搭包,从下场门上,作慢行科,白)这时天还未亮,相公便起来大惊小怪的,却是为何?(黄损白)你可知道有一件奇事,我方才朦胧睡去,忽然见一怪兽,自我枕边跳出,遍体莹白长毛,好似玉狮形状,跳舞前来,向我点头作别,随即足踏祥云,腾空而去。我那玉狮坠儿,昨夜解下,放在枕边,如今舱门不开,遍寻不见,岂不是玉狮成精了,你道此事奇也不奇?(癞老作惊科,白)此事果然奇怪。据老奴看来,那里是玉狮成精,分明是先太老爷呵。(唱)

【仙吕宫正曲】【五供养】 英灵鉴将(韵)。怕你效浪蝶狂蜂(读),顿忘了骥足高骧(韵)。将人间奇宝摄(句)。显现兽中王(韵)。(黄损白)只是那裴玉娥之事怎了?(癞老白)咳,此事还提他怎么。自古道塞翁失马,未必非福。想相公前程远大,故此神狮化去,使你此间失望,方肯决意前行。异日功成名就,继起家声,所关非细。相公,你缘何还不省得?(唱)打断你痴情正狂(韵)。方肯去奋鹏程扶摇直上(韵)。(白)相公,我想那鸨母,惟财是贪,今见无此千金,自然不肯令女从良,你便恋恋于此,终归无益。设他再来问信,如何回答?倘若知你无银,不但不能把那婊子送你,还要讨他奚落几句,取笑一场,岂不失了志气,脸面何存?依老奴愚见,不如趁天未明,悄悄将船解缆放开,竟自别去,使他无处找寻,岂不省了许多唇舌?(黄损作沉吟不语科。癞老白)相公呵,(唱,合)你自知时务(句)。先举且高扬(韵)。且休教贪财肉眼翻去笑空囊(韵)。(黄损白)你言亦自有理,就此开船去罢。(癞老作急唤船家科。杂扮船家,戴草帽圈,穿喜鹊衣,系腰裙,从下场门上。癞老白)俺们有紧要勾当,就要过湖,你可速速开船,不必惊动那邻舟了。(船家白)那边船上妈妈,还等着相公回信,怎么就不别而行?(癞老白)那话已经不成,不必与他回信,你只快快开船便了。(船家白)天还未明,风又不顺,如何得过湖去?(癞老白)就是风不顺,你且将船放到湖口,再做道理。(船家作不理科。癞老催。船家作背科,白)这也好笑,昨日为那小娘子,住了一日,今日不长不短,忽然开舟要行,连天也等不得明。难道怕那妈妈知觉,将你拴住不成?(癞老作连催科。船家作解缆开船科。黄损叹科,白)哎,裴玉娥,裴玉娥,我和你怎生恁地缘悭也!(起随撤椅科,唱)

【仙吕宫正曲】【川拨棹】 心怀怏(韵)。绝绸缪和你相亲傍(韵)。只落得一见便分张(韵)。只落得一见便分张(叠)。痛从今天涯路渺茫(韵)。(合)听一声川拨棹离荆江(韵)。不由人频回首暗自伤(韵)。

【**有结果煞**】这相思一世难勾账(韵)。痛伤心一曲仙音如绝响(韵)。(白)天天！想我黄益斋，家无四壁，湖海飘流，只剩得一个玉狮坠儿，价值千金，你还要白白取去，使我眼前放着怎个绝世佳人，不能到手，还弄得半文俱无，免不得沿途乞化。天那天！你覆冒群生，发育万物，怎生独在我黄益斋身上，恁般刻毒也！(作哭科,唱)则怪你不做美的狠天公偏不顾人断肠(韵)。(同从下场门下)

第十一出

订美约烈女留情

先天韵　弋腔

(丑扮陆铁汉,戴草帽圈,穿喜鹊衣,搭腰裙,系搭包,从上场门上,白)

世间滑的忒煞滑,砂糖惯向人鼻头抹,教他伸子个舌头舔弗能,落得一场没搭撒。天下呆的实是呆,贪他香饵被钩搭腮,纵把金钩忙摆脱,那腮边肉儿早搭下来。好笑那邻舟相公,上了俺舟中薛阿婆的当,白白丢了一百两,只和那小娘子见得一面。嘴说要娶他,想为千金赎身之价,设拿不出,不知不觉,连夜开船而去了。今早俺起来四望,找寻不见,岂不是一场笑话?我原就道他是个呆子,不免进舱,说与薛老娘知道。俺也开船,竟下川江而去罢。(作唤不应科,白)想是还未起来,且自少待。(从上场门下。老旦扮薛氏,穿老旦衣,系手巾,扶旦扮裴玉娥,扎包头,穿衫,搭腰裙,从上场门上。场上设桌椅科,裴玉娥唱)

【中吕宫引】【四园春】 棹底涛声动夜眠(韵)。晓来欹枕梦恹恹(韵)。(薛氏白)我儿,(唱)你看红波弄影日高悬(韵)。穿入蓬窗席影圆(韵)。(白)快些梳洗罢。(裴玉娥白)好不耐烦,且自消停。(唱)羞对菱花面(韵)。一任鬓云偏(韵)。(裴玉娥入桌坐科。薛氏背科,白)看他恁的娇慵,若到良家,做一媳妇,如何是好?(陆铁汉从上场门上,白)老亲娘那里?一桩好笑事,邻舟那相公,想是千金措弗来,不知不觉,连夜开船而去了,但是回信也不把一个,你道好笑不好笑?(从上场门下。裴玉娥作惊疑科。薛氏白)有这等事?看来这些少年,大概有始无终,言而寡信。(裴玉娥白)母亲,我看那生,外则风流,内实沉静,决非有始无终,多言寡信之人,必然有甚原故,方才不别而行。孩儿意欲赶去,问明端的,再做道理。(薛氏白)想他若非不系实心娶你,便是无此千金,问他何益?(裴玉娥白)母亲,那生眉宇清贵,气概不凡,定非久于贫贱。孩儿既要从良,舍此更将奚适,就是目前没有千金,一朝荣贵,亦可图报母亲,只求开恩方便,孩儿死亦甘心。(唱)

【中吕宫集曲】【榴花好】〔石榴花首至四〕觑着他皎如琼树占风前(韵)。须有日瀛洲飞步冠群仙(韵)。千金纵乏现腰缠(韵)。(白)母亲呵,(唱)怎不效多情哀怜漂母俟他年(韵)。(薛氏白)老身自幼从金银窟里长成,不知见过多少,而今晚景无多,还要此千金何用,只愿你配得其人,不致失所。但此生既然舍去,你便赶去求他,终非善偶,不如从容少待,再觅良缘。(裴玉娥哭科,白)孩儿闻当日楚昭王之妹季芈,数岁遭吴兵之难,为钟建负出而逃。后来长大,昭王欲为择配,其妹对昭王说道:"女子之义,以适人为主。妾闻幼时,此身已为钟建所负,即吾夫矣,安能更事他人乎?"昭王从其言,配为夫妇,至今名传于后。孩儿蒙母亲养成一十五岁,从来未见一人,既与那生觌面相会,且受他定银一百两,已系两心相订,不同陌路萧郎,若是再见他人,不亦于义未安,于心有愧乎?望母亲与孩儿做主。(唱)〔好事近五至末〕俺风尘自怜(韵)。怎肯效杨花(读),逐浪随风点(韵)。(合)向人前既腆羞容(句)。怕不是会石床半生缘现(韵)。(白)母亲若是不依孩儿,孩儿惟有一死,待来生来世,再报养育之恩便了。(作急起望江欲跳科。薛氏急抱令坐科,白)我儿不须性急,只恐去得远了,追赶不上。(裴玉娥白)家长过来。(陆铁汉从上场门上。裴玉娥白)你就开船快赶一程,我有金钗谢你。(陆铁汉白)小娘如此义气,那敢受谢。想这风水不顺,料他去也不远,俺就与你快赶便了。(裴玉娥白)如此多劳。(陆铁汉白)阿婆,快起来,搬着后梢橹,待俺在前边双橹摇去。(船家婆内应科。裴玉娥起,随撤桌椅科。陆铁汉作开船绕场科。裴玉娥唱)

【中吕宫集曲】【驻马近】〔驻马听首至合〕荡起江烟(韵)。界破长空水底天(韵)。只见芦花渐近(句)。两岸轻移(读),匹练高悬(韵)。恨不快如弩箭乍离弦(韵)。怎奈回风飘浪连云卷(韵)。〔好事近合至末〕驾双篙急进忙行(句)。管教他去客重还(韵)。(同从下场门下。生扮黄损,戴巾,穿道袍。副扮瘸老,戴毡帽,穿道袍,系搭包。杂扮船家,戴草帽圈,穿喜鹊衣,系腰裙,持篙杆,同从上场门上。黄损唱)

【又一体】解缆移船(韵)。还一缕柔肠向彼处牵(韵)。恨止相逢一会(句)。空结就今世相思(读),愿种下来世姻缘(韵)。只见弥漫秋水接长天(韵)。排空鸿字鸣声远(韵)。枉看着晓日晴空(句)。不由人洒泪平川(韵)。(从下场门下。陆铁汉持篙杆,随裴玉娥,薛氏持扇子,同从上场门上。裴玉娥唱)

【又一体】四顾凄然(韵)。叹薄命如同枫叶单(韵)。只落得一江秋老(句)。白日催人(读),碧浪危颠(韵)。怎能似琼葩玉蕊逞芳妍(韵)。倩春风深护重门掩(韵)。(陆铁汉作望科,白)呀,那前面不是那相公的船么,快赶上前去。(裴玉娥、薛氏同唱)驾双篙急进忙行(句)。(黄损、瘸老、船家从上场门上,绕场科。裴玉娥、薛氏同唱)管教他去客重还(韵)。(陆铁汉白)黄相公请住船,俺这船上有话说。(黄损唱)

【又一体】何意娟娟(韵)。又泛鸳鸯水上天(韵)。(薛氏白)相公就请过船来,老身自有话说。(瘸老白)相公,功名事走不的回头路的。(黄损作不理过船见科,唱)好似银河再会(句)。把一个合浦江皋(读),浑疑作乌鹊桥边(韵)。(薛氏白)我儿不须回避,也过来见了。(船家同瘸老从下场门下。陆铁汉从上场门下。裴玉娥作万福科。黄损答揖科,唱)呀,看他乱头本色自生妍(韵)。好似出山宝相观音现(韵)。转秋波百媚千娇(句)。那更蹙双蛾闷态堪怜(韵)。(场上设椅,各坐科。薛氏白)相公,小女既蒙不弃,可谓天假良缘,今忽不别而行,其中必有原故,乞道其详。(黄损唱)

【中吕宫正曲】【尾犯序】说起实难言(韵)。(作背科,白)我想那玉狮怪事,说来谁人肯信,倒是不必明言的好。(唱)岂不道鬼语荒唐(读),故作机权(韵)。(白)妈妈,小生尘间凡士,今与令爱天上仙姝,邂逅一会,已是人生之福,但想一生落魄,琴剑萧条,不知将来遇合迟早如何?恐误令爱终身大事。且现在千金,一时无凑,虽有求凰之愿,奈无选艳之资。惟有顾影自怜,含羞而退耳。(唱)漫忆江皋(读),似当日逢仙(韵)。颜腆(韵)。怎想到途穷囊尽(句)。多应是缘悭分浅(韵)。(合)思量起(句)。何来金屋怎样贮婵娟(韵)。(薛氏白)相公原说去投水西帅府,图取功名,若到了那边,何愁此事难成?(黄损白)只怕滇南相离涪江,数千余里,两下音信茫茫,彼此不能重会耳。(裴玉娥唱)

【又一体】羞惭(韵)。欲语又难言(韵)。念虽非绣屋贮娇(读),从未许外人窥见(韵)。只因一曲银筝(读),荷君家见怜(韵)。情恋(韵)。我难学随飘荡墙头青柳(句)。你莫效自来去梁间紫燕(韵)。(合)还从此(句)。红丝绾定何须又他牵(韵)。(白)妾观郎君,英年才隽,器宇不凡。今虽囊橐萧条,必非久困池中之物。俺母亲一生豪侠,巾帼称雄,从不坠落平康习气。况今钟爱奴家,焉肯贪金夫而失佳婿。前者千金之约,不过欲坚郎君求配之心,若蒙始终不弃,何妨一诺千金。惟愿异日得志,必践盟言,妾即远去涪江,亦当誓死相待。(黄损白)呀,小娘子如此错爱,正合卑人之心。小生到水西帅府,倘有寸进,必到涪江,偕为秦晋,决不相忘。(薛氏白)既如此,你二人何不一同临江发誓,定就鸾盟?(黄损白)妈妈言之有理。(各起,随撤椅科。黄损、裴玉娥同作叩拜天地科。黄损白)苍天苍天,我黄损愿与裴玉娥结为夫妇,今日贫穷相订,他年富贵不忘,倘负此盟,身随潮灭。(裴玉娥白)郎君忆江南一阕,字字千金,妾已谨佩怀中,生死不敢背负,倘有二心,亦如君誓。(作同起科。黄损白)妈妈请上,受小生一礼。(薛氏白)相公好说。(黄损作拜科。薛氏作扶起科。黄损唱)

【又一体】良缘应自天(韵)。不意鲰生(读),得合仙缘(韵)。不嫌我四海飘蓬(读),恰行李双肩(韵)。堪怜(韵)。则怕这穷不去的三根傲骨(句)。难消受你描不来的一团靓艳(韵)。(合)须博个(句)。金花命诰和你效双鸳(韵)。(薛氏唱)

【又一体】俺豪侠忆当年(韵)。况晚景桑榆(读),贪甚金钱(韵)。只愿你女貌郎才(读),早成就一对良缘(韵)。休谦(韵)。一个是雕龙绣虎(句)。一个是沉鱼惊雁(韵)。(合)愿今去(句)。功名早建频把信音传(韵)。(陆铁汉、瘸老、船家从两场门分上。船家白)转了顺风,相公快过船来,俺好过湖去。(黄损白)也罢。今与小娘子约定,但以半年为期,小生必到涪江相会。(裴玉娥白)如此专候相公,毋论功名迟早,势必便来,休要失信。(黄损白)小生怎敢。(薛氏白)相公若到涪江,须记着翠华街平康巷内,第一家姓薛的便是。(黄损白)小生牢记,就此告辞。(黄损作欲行又止科。瘸老作催科。黄损作辞过船科。裴玉娥扶薛氏肩送科。黄损回顾科,白)小娘子且自保重。(裴玉娥白)相公休要失……(作语不出掩泪科。黄损点头亦掩泪科。同唱)

【仙吕宫引】【鹧鸪天】这是红丝千里断还连(韵)。欣喜重将闷又添(韵)。纵□他年佳会望(句)。难禁此际泪珠涟(韵)。(黄损、癞老、船家从下场门下。陆铁汉作回船科。裴玉娥作望科,唱)肠自碎(读),眼儿穿(韵)。只见孤帆一点入长天(韵)。湘波还尽情无尽(句)。两地相思应满船(韵)。(同从上场门下)

第十二出

伏神狮上仙作美

皆来韵　弋腔

(净扮汉钟离,戴钟离发额,穿钟离衣,系绦,持拂尘,从上场门上,唱)

【仙吕调只曲】【点绛唇】超脱凡胎(韵)。笑游天外(韵)。心无碍(韵)。姹女婴孩(韵)。培得丹元在(韵)。(中场设椅,转场坐科,白)蓬莱玉洞领仙班,崐谷昆仑日往还。劫尽万年长不朽,与天同住白云间。自家汉钟离祖师是也,居十洲三岛之间,为八洞群仙之首。神姿奕奕,道貌鱼鱼。身能不老,往来仙室之中。术可长生,上下清虚之府。挟紫书而乘白鹤,打开千丈软红尘。乘羽轮而驾飚车,勘破万里浮梦影。等富贵若浮云,不受九天仙箓。弃冤亲如解脱,但求四海逍遥。正是道高龙虎伏,一般德重鬼神钦。适在洞外闲观,忽见祥光瑞彩,现与张轸之间,必系奇瑰异宝。按其分野,当在荆襄。想前与众仙相约,欲往滇南胜境,游玩名山,订期中秋良夜,在于黄鹤楼中会齐,先游云梦,然后一同飞过洞庭。俺不免先行一步,便乘此探看其间,是何宝物精光也。(起,随撤椅科,唱)

【仙吕调只曲】【混江龙】鸿元一派(韵)。那靠着白鸦金虎炼将来(韵)。好笑他乌飞兔走(句)。箭急弦催(韵)。俺自在一局山中成万古(句)。霎时节双凫飞下遍埏垓(韵)。似这等笼里乾坤洞大矣(句)。谁识得壶中日月自悠哉(韵)。有几个在朝堂(读),乱慌慌袖蛇趋巨壑(句)。有几个伴王侯(读),战兢兢抱虎卧高崖(韵)。活地狱(读),跳不脱四大圈酒色财气(句)。转幽冥(读),走不出六道路湿化卵胎(韵)。丧身躯(读),怎防得唇枪舌剑(句)。煎骨髓(读),谁熬得烈火干柴(韵)。一般般心猿意马拴难定(句)。一个个欲海名缰摆不开(韵)。粉骷髅(读),直认做月貌花容将意惹(句)。臭皮囊(读),一任他云尤雨殢尽情裁(韵)。都则向南柯郡图一个紫绶金章(读),和那些蚁子联姻成眷属(句)。到头来北邙山都一片白杨衰草(读),只落得狐狸做伴守棺材(韵)。巧机关空争着闲是闲非(读),一任你情颠倒(句)。铁算子谁知道虚名虚焰(读),都有个数安排(韵)。现放着长生诀全不顾朱户黄扉精一点(句)。都有个升仙路怎误了重楼复阁位三台(韵)。何不抛象笏怀抱着金铛简板(句)。快去解朝簪穿戴上绿箬芒鞋(韵)。回避了恶冤家夫妻子女(句)。早丢下多累物田舍钱财(韵)。没模样免不得肩背上葫芦宝剑(句)。有本事那用着掌心中符箓灵牌(韵)。大神通只不过换星移斗上瑶台(韵)。小法术也则待驱神役鬼使风雷(韵)。这才是人间(读),缩地上天人(句)。不枉做云中(读),吸露餐霞客(韵)。你若要九成丹转(句)。须守定八卦炉台(韵)。(下场门内出火彩科。汉钟离作望科,白)呀。(唱)

【仙吕调只曲】【天下乐】 猛然间一缕祥光异彩开(韵)。俺且俯天涯(韵)。凝视来(韵)。(白)原来玉坠成精也。(唱)但只见狰狞奇兽悬崖待(韵)。奇也那果是奇(句)。怪也那休用怪(韵)。这的是为冤家风流偿业债(韵)。(杂扮白狮,穿狮形切末,系汗巾,从下场门上,向汉钟离跳舞科。汉钟离白)业畜那里走!(唱)

【仙吕调只曲】【村里迓鼓】 你休得兴妖作怪(韵)。你休要头摇尾摆(韵)。你只道无拘无束(句)。脱离衣带(韵)。却不道背主忘恩问你个私逃罪责(韵)。似恁般坚凝质(句)。润温形(句)。清白美色(韵)。无价美材(韵)。兀他不是(句)。琢磨来(韵)。可意的(读),越教人可爱(韵)。

【仙吕调只曲】【上马娇】 金铃似眼四观(句)。血盆般口大开(韵)。看银丝遍体似琼堆(韵)。只落得腰间一束怎安排(韵)。便是那绣球乖(韵)。还似雪团来(韵)。(白)业畜业畜,你那本来原形,怎逃得仙家法眼?你受了主人黄益斋,祖代收藏之德,未曾图报。今为黄生穷途贪色,留你不住,欲行出卖,你便显弄神通,脱逃在此。你可知你主人黄益斋,与那裴玉娥,亦经累劫修行,俱有半仙之分,又合当今生结就姻缘。只因俗孽还多,须受一番磨折,将来夫妻会合,这一场大功,全要在你身上,你可听我吩咐者。(唱)

【仙吕调只曲】【后庭花】 他们也曾向蟠桃会上来(韵)。本金童天女客(韵)。偶然被谪尘凡下(句)。难将魔障开(韵)。分缘乖(韵)。原来无奈(韵)。这一个妖神火几自败(韵)。那一个蓝港水淹不坏(韵)。遇风波成间隔(韵)。遭强暴受逼迫(韵)。狮儿呵则要你施出灵威大(韵)。顿使奸心改(韵)。博得个越公衙闹当垓(韵)。剖去菱花得重谐(韵)。

【仙吕调只曲】【寄生草】 你去效神獒守定汾阳屋(句)。虽昆仑怎入来(韵)。吼一声(读),赛河东惊吊人魂魄(韵)。权做个护花铃(读),厮禁住游蜂采(韵)。看宫砂(读),养得这丹铅在(韵)。只等他(读),刘郎有路入天衢(句)。那许他莽张骞(读),撞入星牛界(韵)。(白)与我现了原形者。(白狮从地井下。地井内出火彩,玉狮扇坠科。汉钟离拾玉坠科,白)你看玉坠已复原形,不免将他留下,好成就那黄生夫妇一段奇缘也。(唱)

卷上 043

【赚煞】非是俺神仙惹灾来(韵)。游戏多逢怪(韵)。则为他有情人偏抱贞守介(韵)。怎忍教鸳鸯生被解(韵)。打动俺天外人生世外怀(韵)。管荆钗得脱获金钗(韵)。这玉坠儿还随玉体来(韵)。投至得双头并蕊开(韵)。同心不解(韵)。呀费商量还须待海上众仙来(韵)。(从下场门下)

第十三出

死爱妾贪官侦艳

真文韵　昆腔

（内作乐。场上设公案、桌椅，台口左右设椅科。杂扮二水手，各戴草帽圈，穿喜鹊衣，搭腰裙，持篙竿，从两场门分上。杂扮二中军，各戴中军帽，穿箭袖排穗褂，佩刀。杂扮四将官，各戴大页巾，穿蟒箭袖，系鸾带，引丑扮单希颜，戴纱帽，穿蟒，束带，从上场门上。单希颜、二中军入座科，同唱）

【仙吕宫集曲】【锦堂月】〔昼锦堂首至五〕才荷君恩(韵)。新承主泽(句)。粤西巡抚边民(韵)。炙手炎威(句)。都因倚托权门(韵)。〔月上海棠四至末句〕招动了十万钱财(句)。全仗这一般承顺(韵)。(合)行来迅(韵)。恰好锦帆风便(读)，画舫秋新(韵)。(二水手同禀中军科，白)禀爷，来此是土矶头，天色已晚，不能前行。(二中军起，作进内禀科。单希颜白)就此泊下。(二中军作出吩咐仍坐科。二水手白)马头上民船让开，大老爷官船来也。(作泊船科，从两场门分下。单希颜白)下官单希颜，自蒙吕恩师提拔，升为广西巡抚。舟行赴任，已过嘉鱼县，过湖就是岳州府，将到川江，便属本治。同行止有美人乌玉莲，乃下官得意爱妾。奈他容貌虽娇，身体甚弱，这些时卧病舟中，十分沉重。下官每夜伴至更深，不能就寝，但连夜听得水面筝声，忽远忽近，不离前后，且其音律清新，颇堪悦耳，未免打动一桩心事。左右，唤中军进舱，有话吩咐。(一将官作唤，一中军起，随撤椅作进见科。单希颜白)我连夜闻得水面筝声，不识何人调弄。你可驾一小舟，等他今夜再弹，即便寻声而往，将那弹筝之人，姓名来路，是男是女，打探明白，便来回话。(一中军应科。一水手从上场门上，持桨绕场科，同一中军从下场门下。单希颜、一中军各起，随撤公案桌椅科。单希颜白)中军已去,不免到后舱看玉娘病来。正是遣去有谁能解意,听来惟我独关心。(众拥护同从下场门下。杂扮一梅香,穿衫背心,系汗巾。扶旦扮乌玉莲,搭包头,穿衫,搭腰裙,从上场门上。场上设桌椅,乌玉莲入桌坐科,唱)

【仙吕宫引】【胡捣练】 嗟命薄(句)。似秋云(韵)。飘残何易枉招魂(韵)。伏枕闷萦愁不起(句)。秋风秋雨易黄昏(韵)。(白)奴家乌氏,小字玉莲,乃单府中侍妾是也。蒙老爷十分宠爱,携往广西新任,只因素患痨怯,一路卧病舟中,不道秋来,日加沉重。天那,只怕红颜薄命,看看不久于人世了。(单希颜从上场门上,场上设椅,单希颜坐科,白)才探水面调筝韵,又听舟中捣药声。玉娘,你病体这会好些么?(乌玉莲白)日甚一日,敢怕就要与老爷永绝了。(唱)

【仙吕宫正曲】【忒忒令】 痛微躯生难报恩(韵)。叹宠爱一朝缘尽(韵)。(梅香从上场门下,取药钟随上。单希颜白)药在此,且用些。(乌玉莲作吃药难咽科,白)咳,(唱)我喉深似刺(读),便灵药怎进(韵)。(白)哎哟。(单希颜白)这会怎么了?(乌玉莲唱)不由人刺骨更如焚(韵)。(合)心儿战(读),声儿喘(句)。舌短牙自紧(韵)。(作发晕科。单希颜白)玉娘醒来!(唱)

【情未断煞】 可怜他芙蓉易向秋霜陨(韵)。(乌玉莲白)哎哟。(单希颜唱)这不过再明残焰早鬼为邻(韵)。(乌玉莲白)妾身死后,就埋在这江滩左近,好等老爷回来,将棺带回故里,不必携往粤西了。(单希颜白)这个自然。(乌玉莲起,随撤桌椅科,唱)怕只怕故国难招襄地魂(韵)。(单希颜、梅香同扶乌玉莲从下场门下)

第十四出
待才郎贞女停筝

真文韵　弋腔

（场上预设桌椅,桌上安筝、蜡阡等类。旦扮裴玉娥,穿衫,系腰裙,从上场门上,唱）

【仙吕宫引】【海棠春】西风吹落惊鸿阵(韵)。碧水外芦花深隐(韵)弦上谱愁新(韵)。心地添离恨(韵)。(中场设椅,转场坐科,白)〔忆王孙〕怀人月夜碧云头,云断空江一片秋。两地相思怎便休,动离愁,且拨银筝对水流。奴家裴玉娥,自与黄生相遇,见他一首新词,信是天生情种,且其风流潇洒,气宇不凡。今虽穷途落魄,他年富贵可期,因与定就鸾盟。倘得一朝会合,脱离娼门,也不枉我矢志不污,一生清白,死而无怨矣。但不知黄生此去,遇合如何。奴家分路前来,过了嘉鱼县,适才在土矶头泊定,又被甚赴任巡抚官船到来,只得让他码头,将船移于芦苇港内,倒觉僻静清幽。只是满怀愁绪,连朝风雨,今宵又对着这皓月空明,那能就寝? 天呵,兀的不闷杀人也! (唱)

【双调集曲】【江头金桂】〔五马江儿水首至五〕填怀愁闷(韵)。叹生来一命迍(韵)。想像许多士子(句)。配着佳人(韵)。占风流情更亲(韵)。〔金字令五至九〕俺为甚自择良姻(韵)。羞脸着紧(韵)。且休想夫荣妻贵(句)。皂盖朱轮(韵)。其外便是荆钗和布裙(韵)。〔桂枝香七至末〕也做得兰陵共避(句)。饶一种林间有韵(韵)。(合)强似住娼门(韵)。兀自器同谁把薰莸辨(句)。则怕浪浊难将鲢鲤分(韵)。(白)一时心事满怀,好难消遣,不免将银筝调弄一会,度此良宵,有何不可?(起,随撤椅,转场入口坐科,作调筝科。杂扮一中军,戴中军帽,穿箭袖排穗,带刀,同杂扮一水手,戴草帽圈,穿喜鹊衣,搭腰裙,持桨,从上场门上,绕场科,同从下场门下。裴玉娥唱)

【双调集曲】【淘金令】〔金字令首至六〕你听虫儿水儿(句)。助得秋来恨(韵)。我这弦间指间(句)。总是离愁并(韵)。千种相思(句)。一弹难尽(韵)。(白)呀,我好差矣!古人云不是知音不与弹,又道女为悦己者容。我裴玉娥,不遇黄郎则已,既与相遇,则黄郎乃我知音。今值远别,知音无人,况我之一身,已许黄郎,此后筝声,岂可更入他人之耳?但恐嗜好当前,一时技痒,不免且将筝搁起。若黄郎一日不会,此筝亦一日不弹,方是道理。(唱)〔朝元令五至六〕且把银筝搁起(句)。一任堆尘(韵)。〔五马江儿水十至末〕权学作陈姬祝发伯牙罢琴(韵)。(合)虽则是空江沉寂(句)。算只有出听游鳞(韵)。怎奈遥别相知(读),独弹不新(韵)。(白)想我母亲,此番归去呵。(唱)

【庆余】幸从今离却莺花阵(韵)。少不得寂葳蕤蓬门深隐(韵)。(裴玉娥捧筝起,随撤桌椅科,白)银筝银筝,你若再想将你调弄呵,(唱)须等着咏和新词愿作娇声那一人(韵)。(从下场门下。一中军同一水手从下场门上,白)上命差遣,盖不由己。俺昨晚奉大老爷严令,适才水面筝声发动,随驾小舟而往,着水手暗暗打听,原来是京师教坊中告脱乐户,放回原籍。探得确实,不免就此回话。大船上水手何在?(杂扮一水手,戴草帽圈,穿喜鹊衣,搭腰裙,从下场门上。中军白)大老爷安寝不曾?(水手白)还没安寝。(中军作过船科。二水手从两场门分下。中军白)大老爷有请。(丑扮单希颜,戴纱帽,穿道袍氅,从上场门上,白)事不关心,关心者乱。

中军,探的弹筝人消息若何?(中场设椅,转场坐科。中军白)小官细细打听,原是京师教坊乐户,今已告归原籍,要回四川去的。那鸨儿姓薛,带着一个女儿,名唤玉娥,十分美貌,就是他弹得好筝,还未梳笼。(单希颜白)原来如此。你可等到天明,带领军役,将他母女二人,连船一并锁了,带来回话。(中军白)晓得。正是瓮中捉鳖,手到擒来。(从上场门下。单希颜起,随撤椅科,白)原来有这等巧事。下官临行,蒙太师吩咐,替他选择美女,送入十二楼中,以备歌舞之数。今此女音乐既精,若再生得美貌,岂非天赐机缘乎?但是下官爱妾玉莲,已经病危不保,将来房中缺少得意之人,怎放着这现成美色,反去送与他人。也罢,只要那太师欢喜,保得富贵长在,何愁天下无美人。正是计就月中擒玉兔,谋成日里夺金乌。从来计小非君子,若是那女子到来不从,只怕还用着无毒不丈夫。(从下场门下)

第十五出

胁美空依权要势

歌戈韵　弋腔

(杂扮一中军,戴中军帽,穿箭袖排穗,佩刀。杂扮一水手,戴草帽圈,穿喜鹊衣,搭腰裙。杂扮一差人,戴大帽,穿箭袖,系鞶带,锁,丑扮陆铁汉,戴草帽圈,穿喜鹊衣,搭腰裙,系搭包,老旦扮薛氏,穿老旦衣,系手巾,旦扮裴玉娥,穿衫,系腰裙,从上场门上。陆铁汉唱)

【大石调引】【碧玉令】半空降下飞来祸(韵)。满船人长条拴锁(韵)。(薛氏唱)泣告恩官(句)。未审是因何(韵)。(中军白)大老爷钧旨,谁敢问他。(薛氏抱裴玉娥哭科,白)我儿,这是那里说起。(裴玉娥白)母亲呵。(唱)恁啰唣(读),教孩儿羞颜难躲(韵)。(中军白)左右,将一干人犯押好,待俺过大船通报。(众从下场门下。中军作过船科。内作乐,场上设公案桌椅科。杂扮四将官,戴大页巾,穿蟒箭袖,系鞶带,引丑扮单希颜,戴纱帽,穿蟒,束带,从上场门上,唱)

【大石调引】【少年游】天赐娇娃(句)。管今朝定难逃脱(韵)。盼彼两偕和(韵)。待装就虚脾(句)。威权扬播(韵)。才把这耳目巧瞒过(韵)。(转场入公案桌坐科。中军禀科,白)小官奉令,将那乐户母女,连船户都带到了。(单希颜白)就吩咐出去,那薛氏母女,乃京师教坊脱逃乐户。不知那船户知情与否,如系中途雇觅船只,即将船户释放,只将那薛氏母女,带过大船,待本院亲自审问。(中军应作出传科。陆铁汉在场内,白)小人乃通州船户,被他中途雇觅来的,并不知情,只求开恩。(中军白)既如此,免了你的罪,快开船远去,不许停留。(薛氏在内场,白)原来如此。俺们已经奉旨脱去乐籍,便到京师,却也有辩。(中军白)休多言,快同过大船,候大老爷审问便了。(一水手、一差人带裴玉娥、薛氏从上场门上,同跪科。一差人同一水手仍从上场门下。单希颜作见惊科,白)呀,果然好一个女子!(唱)

【大石调正曲】【摧拍】 见娇娆赛过琼娥(韵)。恰分明奇花一朵(韵)。易把粉黛情和(韵)。粉黛情和(叠)。此去权门(读),锦帐香窝(韵)。不意中途(读),天作之合(韵)。(合)喜从今宠幸还多(韵)。官运达不差讹(韵)。(白)薛氏过来。你乃京师教坊乐户,如何私自逃回?今被盘获,有何话说?(薛氏白)大老爷听禀,念贱人呵。(唱)

【又一体】 值司坊阅过年多(韵)。这名儿已经明脱(韵)。奉旨去一室存活(韵)。一室存活(叠)。(单希颜白)甚么奉旨不奉旨,如今实对你讲,你女儿有此姿容,又知音乐,本院有心抬举他,到一好处去。使你母女一生富贵,受用不尽,意下如何?(裴玉娥作惊科,白)哎呀,母亲,这个断然使不得的那!(薛氏白)大老爷不知,俺女儿已经有丈夫的了。(单希颜白)好胡说!一个娼家之女,怎么说有了丈夫?(薛氏白)爷爷呵,(唱)念他质本良家(读),并非献笑征歌(韵)。已向人间(读),成就丝萝(韵)。(合)怎教他凤侣难和(韵)。求法网早开豁(韵)。(单希颜白)便是良家有了丈夫,本院做主,谁敢道个不字!(裴玉娥白)呀,大人差矣!(唱)

【又一体】 你治黎民百室宁和(韵)。俗维持不同闲可(韵)。奴虽是弱柳微柯(韵)。弱柳微柯(叠)。也待把节义纲常(读),一意磋磨(韵)。怎忍去弃旧迎新(读),习舞当歌(韵)。(合)誓今生铁石难磨(韵)。求放赦漫喽啰(韵)。(单

卷上　051

希颜怒科,白)这小妮子,好大胆,竟敢唐突下官起来!且住,本待要将他难为,又恐到了相府,将来一朝得宠,未免记仇,不如还好好劝他为是。但此去粤西,尚有旱程千里,此女如此倔强,不便带了同行。中军过来,另外拨一小舟,将这薛氏母女,押去前途,交与岳州府。拨一官房,好生看守,待我到任之后再做道理。(作向薛氏科,白)好好将你女儿劝得转意回心,你和他都有好处,倘若有些差池,教你这老贱婢的性命,只在顷刻。(杂扮一家丁,戴大帽,穿箭袖,系鸾带,从下场门上,白)花朵正开遭雨妒,彩云易散值风欺。禀老爷,玉娘一时间不好了,快请入船看视。(从下场门下。单希颜白)玉娘果然就死了。(起,随撒公案桌椅科,白)正是能为他家谋艳色,偏难己屋保娇容。(四将官拥护,同从下场门下。薛氏、裴玉娥起,作抱哭科,白)哎呀,母亲嗄,孩儿蒙你养育一场,只说奉你暮年,谁料事不由己,今日便是孩儿命尽之时。此生不能酬你深恩,只好效来世犬马之报了。(唱)

【又一体】念孩儿命薄如何(韵)。也都缘红颜招祸(韵)。一旦搜罗(韵)。一旦搜罗(叠)。枉了你鞠育劬劳(读),闪得你老更谁托(韵)。俺便做鬼泉台(读),焉敢忘过(韵)。(合)不由人肠痛如割(韵)。拚一命葬江河(韵)。(作欲投水科。薛氏作急抱科,白)我儿且休要如此。(中军白)大老爷吩咐,这小妮子若有差池,都在你老婆子身上,你须仔细。(裴玉娥白)哎呀,母亲嗄,事到头来,你女孩儿也顾你不得了。(唱)

【正宫正曲】【一撮棹】我遭凌逼(句)。断定难存活(韵)。(薛氏唱)你宽心待(句)。且来少延坐(韵)。(裴玉娥唱)今日里(句)。魂销恨难磨(韵)。(薛氏唱)吾不久(句)。一同你葬沟壑(韵)。(同唱,合)苍天的(读),平地起风波(韵)。(薛氏唱)

【南吕宫引】【哭相思】忽降灾殃便怎挪(韵)。(裴玉娥唱)轻拚一命丧江河(韵)。(中军唱)则怕你楚囚泣对身难主(句)。(裴玉娥、薛氏同唱)只落得泪似潇湘百尺波。(众水手从上场门上。中军、裴玉娥、薛氏作上船科,同从上场门下)

第十六出

留宾喜得故交才

齐微韵　弋腔

（生扮黄损，戴巾，穿青素圆领，系鸾带。副扮瘸老，戴毡帽，穿道袍，系搭包，背包，袖帖，同从上场门上。黄损唱）

【南吕宫正曲】【一江风】路迢迢(句)。又到滇南地(韵)。碧草迷行骑(韵)。正深秋(句)。木尚含荣(句)。江绿山青(句)。不似人憔悴(韵)。(合)只见峰高云半低(韵)。峰高云半低(叠)。行来还似痴(韵)。一念惟把多情系(韵)。(白)小生自与玉娥订盟别后，尽将行装典卖，以做盘缠。喜得一路风顺，过了洞庭湖，登岸前来，行了月余，早到滇南省会，沿途打探帅府衙门，就在城中锦香里西南角上。你看前面两杆黄旗飘动之处，想必就是了。瘸老儿，可速行几步，上前通报一声。(瘸老应科。杂扮一中军，戴中军帽，穿箭袖排穗，带刀，从下场门上，白)绣旗飘缈云霞近，画戟森严鼓角高。(瘸老作见呈帖科，白)敢烦通报，秣陵来的原任兵部尚书黄大老爷的公子，要求相见。(中军作接帖科，白)且请迎宾馆少坐，传过尊帖，就来相请。(从下场门下。瘸老作回复黄损科。黄损白)如此少待片时便了。正是客子担囊归馆驿，将军韬箭卧华堂。(同从下场门下。内作乐，场上设公案桌椅科。杂扮八将官，各戴大页巾，穿门神铠。杂扮一中军，戴中军帽，穿箭袖排穗褂，佩刀。杂扮八军卒，各戴马夫巾，穿箭袖卒褂，佩刀，引外扮安毅，戴貂，穿蟒，束带，从上场门上，唱)

【越调引】【霜天杏】南天重地(韵)。士武齐节制(韵)。忧勤日夕羽书驰(韵)。施大德华夷遍及(韵)。(转场入桌坐科,白)岁岁征南卒未休,闷来独上望京楼。何时得报君恩重,一洗干戈万古愁。下官姓安名毅,关西人也,官拜征蛮大将军之职,坐镇水西,文武军民,悉归统辖。只因九溪十八洞苗蛮反叛,连岁进兵,莫能剿服。且喜秣陵有一秀才,姓黄名损,原是我同年好友之子,少年英俊,博古通今,而且胸藏经济,足智多谋。意欲延他入幕,借其运筹帷幄,助我绥靖苗疆,倘得军功,便可保题大用,也不枉与他父亲相好一场。前已修书去请,奈他磊落不羁,功名念淡,只以道远为辞。下官正待差官复往,不意中军传进,适已来到辕门,投刺求见。岂非天赐奇才,至此相助?已经打扫书房,安排筵宴,待他来时,自有道理。(中军引黄损从上场门上,中军作进门禀科,白)黄公子请到了。(安毅白)吩咐大开辕门,待下官亲自迎接。(中军吩咐科。内作乐,开门科。安毅起,随撤公案桌椅,作出迎黄损,各作相见进门科。黄损作拜见科。安毅白)一日相思十二时,喜君相见怪偏迟。(黄损白)朱门甲第萧条甚,惭愧他乡遇故知。(安毅白)贤侄一向好么?(黄损白)听禀。(场上设椅,各坐科。黄损唱)

【越调正曲】【绣停针】年月如驰(韵)。枉读诗书不遇时(韵)。酸寒落得人憎鄙(韵)。做文才白马空羁(韵)。(白)恭喜老年伯呵。(唱)建异绩名高金石(韵)。如能念落魄(读),提携起(韵)。(安毅白)下官斗筲之器,何足算哉!以贤侄大才,功名易耳,总在下官身上便了。(黄损白)小侄功名,今还在次,但以壮年,尚未受室,须得千金为聘,望年伯慨赐周全。庶免不孝无后之罪,即先大人当亦衔恩地下矣。(唱,合)祈君不惜千金赐(韵)。但得千年好会不成虚(韵)。胜似得名多矣(韵)。(安毅白)千金小事,只是下官还有一言奉告。(黄损白)愿闻。(安毅唱)

【又一体】你学可施为(韵)。满腹经纶已自奇(韵)。不过时乖暂缚鹍鹏翼(韵)。何须羡年少逢时(韵)。(白)下官署中,正缺参军一席,意欲相烦贤契,暂为料理。目今适值清理苗疆,将来以军功议叙,总在下官一本保荐,功名可得。只是有屈大才,不知尊意若何?(黄损白)小侄迂腐儒生,焉能当此重任,这个决难从命。(安毅白)太谦了。(唱)你放着文章经济(韵)。何惜借画箸(读),暂受宾师礼(韵)。(白)左右,就取参军符信送过去,请黄爷换了冠带。(黄损起,随撤椅科,白)年伯且自消停,就是如此,也待小侄回去,完了姻亲,再来领教。(安毅白)说那里话。(唱,合)这剪鲸鲵须急似谐连理(韵)。你效鸳帏不紧似赞军机(韵)。莫把大名虚矣(韵)。(黄损作背科,白)且住。我原与玉娥,约会半年之内。今若执意不从,则千金之赠,未必一时到手,急也无益。倘若此地功名指日可就,则归去完姻,岂不更增荣耀,且暂依他便了。(转身科,白)既蒙不弃,只得从命了。(安毅白)这个才是。(内作乐。中军随黄损从下场门下,换纱帽圆领。中军捧应随上,作拜安毅科。众拜黄损科。安毅白)左右,快摆酒筵伺候。(中军白)俱已齐备了。(场上左右两侧,各设桌椅。安毅、黄损入桌坐科。安毅白)把盏过来。(二中军从两场门分下,取酒器随上,作送酒科。安毅唱)

【越调正曲】【祝英台】为甚的宴军门陈宴乐(句)。筵上捧金卮(韵)。都则一点义悃(句)。为国求奇(韵)。端赖你入幄英姿(韵)。堪悲(韵)。数载中涂炭生黎(韵)。甚日能将兵洗(韵)。(合)猛思想(读),忧心还觉如醉(韵)。(黄损唱)

【又一体】无计(韵)。只得做捉刀人栖虎幕(句)。门下赞机宜(韵)。只愿唾手得名(句)。能得千金(句)。行践密言佳期(韵)。休提起(韵)。翠屏间粉黛成群(句)。怎比得意中人美(韵)。(黄损、安毅同唱,合)猛思量(读),忧心还觉如痴(韵)。(安毅白)请问贤侄,目今九溪十八洞苗蛮造反,为首的便是当年孟获之裔,十分骁勇,负固难征。我兵屡战不胜,涂炭生民,今欲绥静边圉,计将安出?(黄损白)年伯岂不闻当年孟获反叛,武侯南征,问于马谡,谡以服心为对,武侯然之。盖此苗虽具人形,性同畜类,譬若野禽劣兽,不可羁笼。倘必郡县其地,赋役其人,是犹豢虎豹于园囿之中,畜蛟龙于池沼之内,一旦为祸,其伤实多矣!依小侄愚见,不若宽其既往,戒其将来,先行招抚,不服,而后加之以兵。仍若武侯当日,即以彼土之司,管摄彼土之民。不必征收彼地之钱粮,不必绳以中国之法度,不必放官以启疑,不必设兵以縻饷,惟严守边疆,不使侵犯,以示内华外夷之分,用广帝德如天之大。强似兵连祸结,两败俱伤,即使兵威强胁,改土归流,然而善后无策,增兵设防,所得寡而所失多矣。主意已定,则当一面具题,一面招抚。倘渠魁不服,则剪其渠魁,胁从不服,则治其胁从。文檄所至,必有自相攻击,将负固不顺之人,束缚而投于麾下者,则服心之效,不又可见于今日乎?(安毅作喜科,白)闻尔妙论,开我茅塞。但这一篇奏疏稿,和那招抚的檄文,非贤侄大才不可。明日少暇,即当求教。(黄损白)如此,何必等待明日,就请文房四宝,待小侄席前挥就一稿,请教年伯便了。(安毅白)今日樽酒为敬,如何就敢相烦?(黄损白)这个何妨。(安毅白)既如此,快取笔砚书案过来。(黄损白)不须书案。左右,便将纸展开。(二中军从上场门下,取纸笔墨砚随上。黄损作写科,唱)

【又一体】思维(韵)。布深仁施大德(句)。招抚莫教迟(韵)。幸英睿圣主(句)。赤子何辜(句)。宁教杀戮流离(韵)。惭愧(韵)。待学难巴蜀父老雄词(韵)。怕没有相如词美(韵)。(合)这一答(读),顿教愁内生喜(韵)。(黄损白)二稿已成,就此请教。(中军作呈稿。安毅看稿,作大喜惊科,白)贤侄笔不加点,一挥而就,又做得如此剖切详明,议既条畅,文复古雅,果天才也!令下官诚心拜服矣。(二中军送笔砚,从上场门下,随上科。安毅唱)

【又一体】非侈(韵)。似当年才倚马(句)。何事叹知稀(韵)。况是文雅助国(句)。定乱安邦(句)。宁比风月腴词(韵)。无比(韵)。纵便他十万雄师(韵)。怎敌君家一纸(韵)。(黄损、安毅同唱,合)这一答(读),顿教愁内生喜(韵)。(安毅白)左右,传本房写就本章,着书办缮成文檄,待本院择选良辰,一同拜发。(中军白)晓得。(安毅白)再进酒来。(黄损白)小侄量不能领,告辞了。(各起,随撤桌椅科。安毅白)想连日鞍马劳顿,不敢过强。左右掌灯,待下官亲自送到书房,就请贤侄安息便了。(黄损白)不敢。(二中军从两场门分下,取宫灯随上。众绕场科,众同唱)

【尚按节拍煞】奇才特赐非容易(韵)。管取功名竹帛永垂(韵)。则愿得荣贵姻缘总在顷刻时(韵)。(同从下场门下)

卷下

第一出

度龙女现身说法

寒山韵　弋腔

（杂扮八水卒，各戴马夫巾、鬼脸，穿箭袖卒褂，引杂扮龙王，戴龙王冠，穿道袍氅，从上场门上，唱）

【仙吕宫引】【番卜算】水府洞庭宽(韵)。侍从都成贯(韵)。不居四渎隐深潭(韵)。寿衍无疆算(韵)。(中场设椅，转场坐科，白)长把明珠颔下悬，冥然一蛰动千年。有时召入风云会，霖雨苍生遍九天。老夫洞庭君是也，居四灵之首，为水族之王。变化无端，潜见通于易理；神明莫测，升降应乎天时；族聚龙宫，何必诞生九种；珠藏鲛室，羞他富尽五都。老夫年逾千岁，止有爱女二人。长女改适柳毅，现为驸马，就居洞庭之南。还有次女未嫁，因他性喜修行，不肯择配，一向追随膝下，老夫更加怜惜。今乃中秋佳节，盼咐备下筵宴。左右，就请公主出来。(四水卒应科，向内请科。小旦扮龙女，穿衫氅，从上场门上，唱)

【仙吕宫引】【剑器令】一样小云鬟(韵)。银万点妆成锦灿(韵)。水晶殿翠围珠绕(句)。谁将玉貌吹弹(韵)。(作拜见科，白)父王万福。(龙王白)我儿少礼。(场上设椅，龙女坐科。龙王白)今乃中秋佳节，特唤你出来，宴赏中庭，以待东方月上，意下如何？(龙女白)孩儿闻今宵有八洞神仙，在此经过，意欲前去，瞻仰一番。只恐筵宴有误仙缘，如何是好？(龙王白)阿呀，我倒忘了。三日前云梦山土地申文到来,说有八洞神仙,今夜飞过洞庭,理应前去迎接。也罢,且把酒筵留下,待神仙去后,回来饮宴便了。巡湖夜叉那里?(丑扮巡湖夜叉、戴鬼发额、鬼脸,穿蟒箭袖、虎皮披肩,系虎皮裙、肚囊,从上场门上,白)巡游水面驰千里,出没波涛遍八方。夜叉叩头。(龙王白)你可速去打探,那八洞神仙,甚时到湖,即便飞报寡人,不得违误。(巡湖夜叉白)晓得。(仍从上场门下。龙王白)我儿,和你沐浴更衣,在此伺候。(同起,随撤椅科。龙王白)正是天边鹤舞随明月。(龙女白)惟待水面仙游驾彩云。(众水卒拥护龙王、龙女从下场门下。巡湖夜叉从上场门上,白)奉大王之命,只得前去走一遭也。(唱)

【仙吕宫正曲】【上马踢】龙王把我宣(韵)。去把神仙探(韵)。风浪好趋前(韵)。还将途路赶(韵)。到得湖边(韵)。依然来彼岸(韵)。(合)只待云端彩现(韵)。远见仙踪(句)。即便如飞返(韵)。(从下场门下。净扮汉钟离,戴钟离发额,穿钟离衣,袖玉狮扇坠,持拂尘,从上场门上,唱)

【仙吕宫引】【鹊桥仙】天空似洗(句)。月明如烂(韵)。瑞色平分碧汉(韵)。人间天上尽团圞(韵)。此夜里同来道伴(韵)。(白)谁道仙家世事轻,玉狮收伏倍关情。只因月下群仙会,又驾飞虹过洞庭。俺钟离,自昨收了玉坠,因与众相约,今夜飞过洞庭,便往滇南游戏,不知何日回来,把那黄生一段姻缘,早与成就。你看那边众仙已到来也。(从下场门下。杂扮曹国舅、铁拐李、张果老、吕洞宾、韩湘子、蓝采和、何仙姑,各戴本仙头脑,穿本仙衣,持本仙切末,从上场门上,同唱)

【仙吕宫正曲】【油核桃】被羽服七星项灿(韵)。步碧落踏霞飞乱(韵)。恰中秋天宇闲游玩(韵)。(合)却圆圆涌出银团(韵)。(汉钟离从下场门上,作相见科,白)众位道兄请了。(曹国舅白)汉钟离,汉钟离,看你赤面长须大肚皮。

(汉钟离白)我火炼金丹红满面,肚皮宽处自忘机。(铁拐李白)曹国舅,曹国舅,紫袍金带你不受。(曹国舅白)受时容易退时难,欲海名缰参已透。(张果老白)铁拐李,铁拐李,高低行路难由你。(铁拐李白)只因世道总不平,拐出红尘千万里。(吕洞宾白)张果老,张果老,驴儿何事倒骑了。(张果老白)退后须知是进前,后来世事回看好。(韩湘子白)吕洞宾,吕洞宾,你肩横宝剑太无情。(吕洞宾白)怕为情根难斩断,长将慧剑祛精灵。(蓝采和白)韩湘子,韩湘子,采药花篮怎没底。(韩湘子白)没底能将皓月盛,清风满贮花篮里。(何仙姑白)蓝采和,蓝采和,口吹玉笛唱山歌。(蓝采和白)一天烦恼都吹尽,始识仙家乐事多。(汉钟离白)何仙姑,何仙姑,人人道你有丈夫。(何仙姑白)岂不闻是非终日有,从来不听自然无。(众同白)好,好一个"岂不闻是非终日有,从来不听自然无"。钟离道兄,你先行到此,探看的宝物何如也?(汉钟离白)小道已收伏在此。(出玉狮坠,众作看科,白)原来是这个孽障。道兄既将此坠收存,还须将他们好事成就才是。(汉钟离白)小道算那黄损、裴玉娥,还该有一年离别,而今小道要陪列位过湖,且待滇南游玩回来,再作道理。(众同白)说得是,就过湖去罢。(八仙同唱)

【仙吕宫正曲】【八声甘州】凌虚高宇寒(韵)。共挨肩拍手(读),舒啸云端(韵)。明蟾初饱(句)。遥视一片江山(韵)。能几个中秋对月欣共团(韵)。有多少远别生悲期会难(韵)。(合)盘桓(韵)。怎比得神仙撇却愁烦(韵)。(场上设平台科。八仙绕场作上台科。巡湖夜叉从上场门上,绕场科,从下场门下。八仙唱)

【又一体】潺潺(韵)。金波素影涵(韵)。见乱涌江色(读),宛似冰盘(韵)。又何事燃犀称幻(韵)。逼现出怪相多般(韵)。果然鱼龙隐飞碧浪翻(韵)。十里湖光天地宽(韵)。(合)迷漫(韵)。激湍中一点君山(韵)。(龙王、龙女从下场门上,作见八仙科,白)洞庭老龙,迎接仙师,愿仙师圣寿无疆。(八仙白)龙王少礼,后面追随者,想是龙女。(龙王白)正是。(汉钟离白)呀,我观此女,倒有半仙之分,可以度脱飞升,何不将玉坠交付与他,使他保全烈女,得配才人,亦算是升仙一大功劳也。列位再请先行,待俺交代了这桩公案,随后赶来便了。(众同白)这也使得。(下平台,随撤平台科。八仙白)正是世事皆因情所累,神仙也为恨难消。(众仙从下场门下。汉钟离白)龙王领令爱,同到君山顶上,小仙有一事相烦。(龙王白)领仙旨。(内作乐,同绕场科。中场设椅,汉钟离坐科。龙王、龙女作拜见科,白)仙师在上,老龙父女稽首。(汉钟离白)请坐了。(场上设椅,龙王、龙女各坐科。汉钟离唱)

【仙吕宫正曲】【解三醒】 莫怪他人间事神仙多管(韵)。都则为保贞女节义全完(韵)。休教迫逼遭磨难(韵)。特前去有烦仙媛(韵)。(白)小仙今有一事,转托龙女。(龙女白)仙师如有用着弟子之处,虽赴汤蹈火,亦所不辞,但求明示。(汉钟离白)今有秣陵黄损,与妓女裴玉娥,原系金童玉女,思烦偶谪人间,合配夫妇,但玉娥尚有磨难未消,陷身强暴,恐他激烈伤生。我有玉狮坠一枚,欲央龙女,化作渔婆前去,暗将此坠,授与玉娥,谨佩在身。倘遇急难,自有救应。日后夫妻,定有团圆之日,教他不必轻生,牢记牢记。(龙女白)弟子领命了。(汉钟离唱)俺为甚多情此夜停仙鹤(句)。则愿彼守志他年交锦鸾(韵)。(白)我看龙女,亦有仙缘,成此大功,便当度你升天。你须在意。(龙女白)多谢仙师。(汉钟离唱,合)成功返(韵)。少不得同登宝界(读),脱体超凡(韵)。(作授坠于龙王。龙王作授坠于龙女科。龙女唱)

【又一体】 这玉坠看来非徒清玩(韵)。待将去好作撮合山(韵)。承仙师指教宁迟慢(韵)。呈神化早行问探(韵)。似这等同心缱绻就多磨障(句)。便教俺异类旁观应痛酸(韵)。(合)成功返(韵)。惟愿得同登宝界(读),脱体超凡(韵)。(各起,随撤椅科。汉钟离唱)

【有结果煞】而今卸却千金担(韵)。才好向云中逍遥忘返(韵)。(白)小仙去也。(龙王、龙女白)弟子拜送。(汉钟离从下场门下。龙王唱)吾且谨守琼瑶归碧潭(韵)。(八水卒从上场门上,作迎接科,同从下场门下)

第二出

幻渔婆授宝弭灾

萧豪韵　弋腔

（杂扮二衙役,各戴大帽,穿布箭袖,系縛带,从上场门上,唱）

【双调正曲】【字字双】事儿一件甚蹊跷(韵)。谁晓(韵)。粉头守定怕他逃(韵)。看好(韵)。娘行作怪病偏娇(韵)。难保(韵)。(合)只怕行雨行云想徒劳(韵)。撞巧(韵)。撞巧(叠)。(白)自家岳州府衙役是也。俺这里太爷,奉广西巡抚之命,拿着个京都教坊司逃来乐户母女二人,送在这岳阳楼上住下,着俺看守,不知甚么意思。(一衙役白)我听说抚院,要收那婊子为妾。因他不从,同行未便,所以暂留在此。昨日府里吩咐,只着好生看守,不许将他难为,可不就是此意了。(一衙役白)兄弟你不知,那抚院一路来,死了一个爱妾,也叫甚么玉姬,棺材就埋在岳阳楼东去半里路江崖上,想是要这婊子去填房了。(一衙役白)你还不知,这婊子也病得沉重。自到楼中,就不进饮食了。(一衙役白)正是,那老鸨传出信来,要尾鲜鱼做汤。可怪沿江问遍,那网户都道,半月来并没打着一条鱼儿,你道稀奇不稀奇。(一衙役白)适才那老鸨又催要了两遍,俺们且再往江头走一遭也。(同唱)

【仙吕宫正曲】【雁儿舞】屡到江边(句)。把鱼儿遍找(韵)。怎没个成儿(句)。何方去了(韵)。(合)敢如他比目怕成交(韵)。难上你钩来委实狡(韵)。

（从下场门下。旦扮渔婆，戴草帽圈，穿布衫，搭腰裙，持鱼肩，背鱼篮，袖玉狮扇坠，从上场门上，唱）

【双调引】【秋蕊香】水族天生灵巧(韵)。承仙命去建功劳(韵)。只为多情完节操(韵)。早化作渔婆太少(韵)。(白)本是湖中幼女龙，只因好道遇仙翁。授来世上无双宝，去建人间第一功。自家龙女是也，奉仙师之命，变化作渔婆模样，前去度化裴玉娥，不免走一遭也。(唱)

【双调集曲】【孝顺儿】〔孝顺歌首至六〕我把形模变(句)。打扮乔(韵)。渔家女子容自好(韵)。(白)我父王前差夜叉打听，那裴玉娥，被巡抚单希颜，交与岳州府，看守在岳阳楼上，已经绝食将危，亏得薛妈苦劝，方才略进饮食。如今正想鲜鱼做汤，故俺父王用计，尽将水族收藏，不许渔人网得，单着我将这一尾鱼儿，向那街前叫卖，待有人来寻买，那时相机而行，便好与玉娥会面也。(唱)且把篮子暂背了(韵)。鱼向手中吊(韵)。向广陌遍招(韵)。〔江儿水四至末〕腆着羞颜怎好人前高叫(韵)。(白)卖鱼。(唱)料便低唤声声自有人来到(韵)。一时行来忖料(韵)。(合)要会佳人(句)。要须是暗施机窖(韵)。(白)卖鱼。(二衙役从下场门上，白)心头有病难排遣，水里无鱼没奈何。(渔婆叫卖鱼科。二衙役白)那边卖鱼的来了，好一个小渔婆。渔婆，你有多少鱼，快取来我看。(渔婆白)你不见这肩上篮儿空的，就是这一尾小鱼了。(二衙役白)只这一条小鱼，要多少钱？(渔婆唱)

【又一体】我鱼非大(句)。名甚高(韵)。鲜鳞出水味自好(韵)。(二衙役白)端的要多少价钱？(渔婆白)俺要十贯钱才卖呢。(二衙役白)这样一条鱼儿，要卖十贯钱，却不是疯话。(渔婆唱)休疑做疯话任吾造(韵)。(二衙役白)俗说道瞒天讨价，就地还钱。与你十文钱，卖也不卖？(渔婆唱)也非比价应瞒天讨(韵)。总是十贯不嚣(韵)。(二衙役白)甚么稀罕的东西。(渔婆白)咳,你不知那渔人,得来颇不容易呢。(唱)却不道风雪寒江有许多苦恼(韵)。似这举网难求便千贯何方讨(韵)。(作走科,白)卖鱼。(二衙役作拦住科,白)俺奉本府太师之命,来此买鱼,你放着鱼儿不卖,走到那里去?(渔婆白)住了,从来官难强买民物。(唱)莫将尊官号召(韵)。(合)既恁心烦(句)。怎不向大江垂钓(韵)。(白)不瞒二位哥说,如今市上绝了卖鱼的,我们打得这一尾小鱼儿,实实要想发一个大财呢。(一衙役作背科,白)伙计,妇女们和他赌强来不得,只好央他一央,看是如何?(一衙役白)说得有理。渔婆,因我家有个病人,要这鲜鱼做汤。你只当做好事,让些价钱罢。(渔婆白)既是病人要吃,俺便做好事,一文不取,情愿奉送,但是要当面做个人情。不知那病人,可能一见?(一衙役白)还怕哄你不成,就见何妨。(一衙役作背科,白)这是官发看守的,怎么混与外人相见,设有差池,如何是好?(一衙役白)你看他小小渔婆,是甚么奸细不成。(一衙役白)这等,一同前去便了。正是踏破铁鞋无觅处。(渔婆白)得来全不费工夫。(同从下场门下。旦扮裴玉娥,穿衫,搭腰裙,在内作病声科,白)娘那,且扶我起来一看。(老旦扮薛氏,穿老旦衣,系手帕,在内场白)我儿,慢着些。(薛氏扶裴玉娥从上场门上。裴玉娥唱)

【仙吕宫正曲】【步步娇】 倒䰀枕终朝伤怀抱(韵)。扶向妆台照(韵)。(场左侧设桌,桌上安妆台,裴玉娥作照镜科,白)咳,我玉娥几日不进饮食,这般憔悴,无复人形矣。(薛氏白)我儿,那巡抚虽然将你拘禁此楼,却又不曾难为你,设或逃得性命,还有与黄郎相见之日,你且开怀保重。我昨日说与把门的,去寻尾鲜鱼,做碗汤儿,与你进些饮食,多少是好。(裴玉娥白)生受母亲,只怕你女孩儿,终久免不得一死那。(作悲晕科,随撒妆台科。薛氏白)看仔细。(裴玉娥唱)悬双睛泪似潮(韵)。寄在滇南(句)。纵有凶闻谁报(韵)。(合)拚病体早魂消(韵)。断肠声只化做啼鹃叫(韵)。(场上预设桌椅,薛氏扶裴玉娥入桌,各坐科。一衙役执鱼,一衙役作带鱼婆,同从上场门上,白)渔婆这里来。(渔婆白)病来莫索枯鱼肆,探去如同尺素书。(作到科。二衙役白)妈妈快来。(薛氏起,随撤椅科,白)大哥,买得鱼来了。(二衙役白)那里卖得着。只有这渔婆一条小鱼儿,要卖十贯钱,听得我说病人要吃的,情愿行好奉送,只要会你小娘子一面。你可引他到楼上,一见就出来,俺们在门外等着便了。(薛氏作接鱼科,白)原来如此,多谢了。小娘子请进。(二衙役仍从上场门下。渔婆与薛氏相见科,白)妈妈万福。(薛氏白)小娘子素昧生平,因何错爱?(渔婆白)闻得令爱,落难守节,抱病甚笃,略有小术,特来相救。(薛氏作惊科,白)计将何出?(渔婆白)见了令爱,自有话说。(薛氏白)如此,就请登楼。(渔婆作登楼科。薛氏白)我儿,有个小娘子,送了一尾鲜鱼,在此看你。(裴玉娥作沉吟不语科。渔婆唱)

【仙吕宫正曲】【醉扶归】呀则见他病恹恹瘦损了如花貌(韵)。软哈哈难支杨柳腰(韵)。(场上设椅,各坐科。渔婆白)姐姐。(唱)你拚向鸳鸯冢连理墓头交(韵)。似罗敷矢节芳名表(韵)。(合)须知你断弦有日续鸾胶(韵)。且莫把娇花剥落随荒草(韵)。(薛氏起,作背科,白)趁这小娘子在此,且将鱼做口汤来,一同劝他吃些,多少是好。(从上场门下。裴玉娥唱)

【仙吕宫正曲】【皂罗袍】你休弄巧语花言圈套(韵)。这一腔冤恨(读),我归阴难报(韵)。今生拆散凤鸾交(韵)。须知孽债前生造(韵)。(合)那望釜边鱼跃(韵)。笼中鸟逃(韵)。纵是画楼年少(韵)。也有山阳志高(韵)。采薇歌须待俺赓同调(韵)。(渔婆白)姐姐不知,俺乃洞庭湖中龙女,奉钟离祖师之命,道你与秣陵黄生,前生分定,合作夫妻,但还有一年磨折未满,过此便得团圆,怕你激烈伤生,故着我化作渔婆,前来点化。(裴玉娥作惊科。渔婆唱)

【仙吕宫正曲】【好姐姐】你旧知交(韵)。良缘自保(韵)。难许那狂徒相搅(韵)。鸣鸠纵凶(读),鹊成双他怎占吾巢(韵)。(合)仙机妙(韵)。少不得连城璧玉完归赵(韵)。强似那深院昆仑盗出绡(韵)。(出玉坠科,白)这一枚玉狮坠,你可暗暗紧佩在身,急难之中,自有救应,牢记牢记。(作授玉坠,裴玉娥作接玉坠科。渔婆白)你看那边又有一个渔婆,走上楼来了。(裴玉娥作回顾科,白)在那边?(渔婆从下场门急下。裴玉娥起科,白)渔婆渔婆。呀,一霎时渔婆就不见了,好奇怪。(作看玉坠科,白)如此看来,这坠儿分明是神仙所赐,或者黄郎他日,还有相会之日,也未可知。且将他藏好,不必对人说知便了。(仍坐科,唱)

【喜无穷煞】 听他言料应非虚谎调(韵)。俺且把随身玉坠紧拴牢(韵)。(白)仙师仙师,裴玉娥有何福缘,得蒙点化。(唱)我只得远望虚空拜德高(韵)。(起出桌作拜跌地科。薛氏捧鱼汤从上场门上,白)殷勤调食味,勉强慰愁肠。呀,我儿怎跌倒在此,那渔婆那里去了?(作放碗扶起科。裴玉娥白)那渔婆乃是神仙,特来点化,一时忽然不见。我自慢慢对你说知,且扶我床上去也。(薛氏扶裴玉娥入桌坐科,白)原来如此。那鱼汤已经做就,且坐下,多少用些。(裴玉娥白)罢了。(二衙役从上场门上,白)渔婆进去半日,怎还不出来,待我叫他一声。(作叫科。薛氏白)那渔婆已出去好半日了,你们怎么不见?(二衙役作惊科,白)俺们同在门口守着,那个见他出去,且上楼上一搜。(二衙役作上楼搜科。裴玉娥、薛氏作暗点头科。二衙役白)分明那渔婆进得楼来,并没出去,如何影儿不见,青天白日,难道见鬼不成。(一衙役白)我说不要引他进来,如今弄出这般怪事,还怕惹起别的是非,如何是好?(一衙役白)只有你知我知,从此不必声扬便了。(从上场门下。裴玉娥起,随撤桌椅科。分白)此事思来实可疑,隐身法术把人迷。不如闭口深藏舌,免得将来惹是非。(从下场门下)

第三出

扫橄枪苗蛮拱服

齐微韵　弋腔

(杂扮四将官,各戴打仗盔,穿箭袖打仗甲,持标枪旗。内一人披彩鞭。杂扮二中军,各戴中军帽,穿箭袖通袖褂,带刀,执彩鞭,引外扮安毅,戴貂,扎靠,袭蟒,束带,扎令旗,从上场门上,唱)

【**大石调引**】【**东风第一枝**】刀拂星寒(句)。弓开月满(句)。伏波八面雄威(韵)。阵云连地阴阴(句)。旌旗掩日无晖(韵)。丹心忠国(句)。那只管习弄兵机(韵)。肃杀中且布阳春(句)。到来招抚群黎(韵)。(中场设椅,转场坐科,白)柔远终须德教宽,渠魁已服罢征蛮。圣明仁厚同天地,何俟当营现甪端。下官安毅,自听了参军黄年侄之言,着他草成疏章,一面奏闻圣上,就一面檄喻苗蛮,赦其往罪,劝其归降。一则天子威灵,二来文章感动,那苗王孟鸿图,果然诚心悦服,率众归降。参军此功,其实非小,但他一心系恋姻亲,只要辞去。下官正待特疏保题,犹恐有事,资其谋略,所以苦苦留住,吩咐衙中,好生款待,只不可听其出入,且等下官招抚苗疆回署,再做道理。众军士,就此摆齐队伍,缓缓而行。(众应科。安毅起,随撤椅。一中军递鞭。安毅作乘马绕场科。众同唱)

【**高大石调正曲**】【**念奴娇序**】阳春气暖(句)。看金风未冷(读),难侵铁甲征衣(韵)。夹道长杨(句)。清露洒(读),绣旗展霞色斜飞(韵)。空际(韵)。千叶云轻(句)。一鞭霖细(韵)。洒军营一似把兵洗(韵)。(合)惟愿得(句)。

升平共乐(读),烽绝鲸鲵(韵)。(杂扮四苗卒,各发发、大鼻子,系手巾,穿回回衣,系肚囊,引净扮苗王,戴狮盔,插狐尾、雉翎、大鼻子,穿回回衣,系肚囊,从下场门上,跪接科,唱)

【又一体】屈体(韵)。早向尘头伏礼(韵)。信无量帝德堪怀(读),天武可畏(韵)。法网全开(句)。清德现(读),一似雷霆威霁(韵)。如蚁(韵)。微物何能(句)。枉从前振耀(句)。向王师抗拒把戈挥(韵)。(合)惟愿得(句)。升平共乐(读),烽绝鲸鲵(韵)。(安毅白)苗王既已臣服,下官保奏朝廷,自当赦尔之罪,仍册封尔土官之职,统摄尔地人民,各守边围,勿许侵掠。其一切礼仪法度,听尔悉从夷俗,不必同于中国。所有土地钱粮,亦任尔国征收,丝毫不取,从此贡献有期,赏赉从厚。尔其布告群黎,各安生理,改过从新,无蹈覆辙。(苗王白)将军乃吾父母也,蛮人死而复生,安敢再叛。但洞中备有饷军酒饭,不识将军,可肯下顾否?(安毅白)这个何妨。众军士,可于四外扎营,俺自带领亲随将士,入洞去也。(作下马。一中军作接鞭科。四将官从上场门下。苗王白)将军诚信不疑,实可谓推赤心置人腹矣!(起科。场上设桌椅筵席,众绕场。安毅入桌立科。一苗卒从下场门下,取酒器随上。苗王作跪送酒科,唱)

【又一体】垂涕(韵)。似恁清白布诚(句)。怎不教人诚感(句)。一心归顺敢生携(韵)。壶箧供(读),这箪食权充军饥(韵)。素币(韵)。聊学筐篚元黄(句)。愿从兹香焚万户(句)。塑公生像感公惠(韵)。(合)惟愿得(句)。升平共乐(读),烽绝鲸鲵(韵)。(四苗卒从两场门分下,取金银宝物,随上作跪奉科。安毅白)酒食收了,金币不消。你去说与你百姓,道俺此来呵。(众起科。四苗卒从两场门分送下,随上侍立科。安毅唱)

【又一体】安慰(韵)。尔那山洞苗民(句)。誓秋毫不犯(句)。教他各归市井尽耕犁(韵)。从此后(读),永无悲苦疮痍(韵)。(苗王、苗卒跪科,同唱)恩施

(韵)。诚然父母重生(句)。俺这里蛮夷宾服(句)。祝皇图长固万千期(韵)。(合)惟愿得(句)。升平共乐(读),烽绝鲸鲵(韵)。(众起科。四将官从上场门上。安毅白)就此班师。(起随撤筵席桌椅科。中军递鞭。安毅作乘马,苗王、苗卒作送科。安毅唱)

【坠飞尘煞】旌旗倒转戈晖日(韵)。早不觉布彤云祥呈瑞启(韵)。(苗王、苗卒作叩科,同白)苗儿叩送将军。(安毅白)罢了,请回。(唱)你看俺按辔垂鞭带笑归(韵)。(四将官、二中军拥护安毅从上场门下。众作起科,拥护苗王从下场门下)

第四出

毁妆夜节操完全

车遮韵　弋腔

(旦扮裴玉娥,穿衫,袖玉狮扇坠,系腰裙,从上场门上,唱)

【商调正曲】【二郎神慢】自悲咽(韵)。日似年都忘岁月(韵)。早不觉严寒添劲些(韵)。尚兀自羁同拴绁(韵)。待把残生一旦撇(韵)。怕连累俺娘亲空遭屈折(韵)。(合)况是仙言切(韵)。只得偷生忍死(读),那禁心地欲伤绝(韵)。(中场设桌椅,桌上安文房四宝科,转场入桌坐科。白)〔长相思〕风一声,雪一声,吹起愁肠叹数声,凄凉总泪零。水一程,山一程,隔个人儿知几程,想他魂亦惊。我裴玉娥,自遭羁禁此楼,已拚绝食而死。不意逢仙点化,道我与黄生,日后姻缘有分,不须激烈伤生。又将玉狮坠一枚,教奴暗佩在身,急难之中,自有救应,因而半疑半信。母亲又百般苦劝,只得勉进饮食,留得一丝残喘,只图生见黄郎一面。怎奈度日如年,也不知今夕何夕,但觉秋去冬来,又早一江风雪,吹入楼中,好不凄凉愁闷杀人也。(唱)

【商调集曲】【二贤宾】〔二郎神首至五〕云垂野(韵)。冷飕飕纸窗儿冻裂(韵)。甚事陇头音信绝(韵)。只见寒江一片(句)。一天朔雪寒结(韵)。〔集贤宾五至末〕总是这恨聚怨遮(韵)。无故的凭空簪折(韵)。(合)谁晓也(韵)。俺与他往生那一劫(韵)。

【商调集曲】【莺集御林啭】〔莺啼序首至二〕这些时容颜憔悴无端(句)。还说甚花样弱怯(韵)。〔集贤宾三至五〕怎兀自不肯将人轻放舍(韵)。定逼向黄泉路此生抛灭(韵)。(白)听说那奸贼有一爱妾,前日死于舟中,就埋在此间不远。(作哭科,白)则怕俺裴玉娥,将来死于楼内,也免不得和他做一个鬼邻哩。(唱)敢我泉台抱恨(句)。〔簇御林第五句〕则他鬼乜斜早招我为邻也(韵)。(白)呀,我好差矣!俺虽不能与黄郎生则同衾,亦当死而共穴。这一个仇人之妾,怎么与那鬼魂为伴起来。(唱)〔啭林莺合至末〕别熏莸(句)。俺自魂游净土(读),少甚么节姬共提挈(韵)。(取坠出作看科,白)我想这狮坠,不过是玉石雕成,怎么会救我患难。神仙神仙,我知你授俺的意思了。(唱)

【商调集曲】【集贤听画眉】〔集贤宾首至合〕你要我无瑕体质同玉洁(韵)。便似狮吼不迭(韵)。岂果有竹杖为龙轻更捷(韵)。似鸟成枭没些差别(韵)。负的我腾空飞去(句)。欣放鸟脱离羁绁(韵)。(作叹科,唱)〔画眉序合至末〕怕终做不分昆石焚身后(句)。提掇向楼前坠也(韵)。(作取笔科,白)不免题诗一首,留于壁上。设或黄郎找寻到此,知我为他守节而亡,也好得志报仇,不致九泉含恨矣。(唱)

【商调集曲】【黄莺带一封】〔黄莺儿首至六〕说甚粉壁走龙蛇(韵)。漫涂鸦只自嗟(韵)。则倩他笔尖儿聊代愁人舌(韵)。(起作题诗科,白)自抱冰霜性,青楼原寄居。幸能逢吉士,何意觏狂且。白璧身无玷,黄泉恨有余。儿郎如感旧,须把佞臣锄。(作放笔坐科,唱)虽留下眼前泪结(韵)。那写尽心头痛绝(韵)。(白)我就死后呵。(唱)也显得平康特出香名烈(韵)。(白)黄郎黄郎。(唱)〔一封书合至末〕你若情不绝(韵)。把恨解结(韵)。还将我怨骨收来早葬些(韵)。(杂扮差官,戴小页巾,穿蟒箭袖,系幛带,带剑。杂扮二卒,各戴大帽,穿箭袖卒裤,持妆奁匣,怀银,从上场门上。差官白)上命差遣,盖不由己。自家广西抚台麾下,一个差官是也。俺抚台将妓女裴玉娥,发与岳州府,看守在岳阳楼。如今备齐妆奁,差我前来送他入京,进与吕太师府中,充为歌妓。适才已回过岳州府,来此已是,不免迳入。(作唤科。老旦扮薛氏,穿老旦衣,系手巾,从下场门上,白)朝朝防祸事,日日伴愁人。(作出见科。差官白)俺奉巡抚大老爷之命,要送你女儿到京,进与吕太师府中,充为歌妓。(作出银科,白)这是身价银一百两,你且收下,还有妆奁一副。你看珠玉满箧,绵绣堆盘,足值五六千金,果然的是你女儿好造化。快去对他说声,就收拾起行便了。(薛氏白)尊官不知,俺女儿已有丈夫,他如何肯去?(差官白)说那里话,你不知俺抚台,乃当朝吕太师第一个得意门生,就奉的是太师之命,选买侍妾。那太师势焰熏天,你若不好好依从,到他府中,轻则绳绷吊拷,重则断体残肢,教你欲死不能,求生不得,还连累你老婆子,一同受罪。不如齐上楼去,劝他早早顺从为是。(薛氏白)苦嗄,这是那里说起。(同作登楼科。裴玉娥作见惊科。薛氏白)我儿,不好了,那巡抚备下妆奁,就要送你到京,进与太师府中去了。(裴玉娥起,随撤桌椅科,白)有这等事。罢罢罢,我裴玉娥冤家已到,果然逃不得一死了。(作晕倒科。薛氏白)我儿苏醒。(差官白)小娘子休要如此。(唱)

【商调集曲】【猫儿出队】〔琥珀猫儿坠首至合〕你看香奁铺定(句)。辉灿逞豪奢(韵)。盈首珠玑压鬓斜(韵)。盘堆金绣彩难遮(韵)。〔出队子四至末〕应自从容莫怨嗟(韵)。(合)这富贵天然(读),不必轻绝(韵)。(裴玉娥作醒,薛氏作扶科。裴玉娥唱)

【商调集曲】【莺簇一金罗】〔黄莺儿首至二〕逝矣气重接(韵)。苦心头苦自咽(韵)。〔簇御林四至五〕俺冷眼儿怎肯向黄金热(韵)。你软语儿怎动的心如铁(韵)。(白)我裴玉娥,本是良家之女。虽然寄养娼门,从不污于强暴,止知有从一而终之正,岂肯蹈见财忘义之行。这样腌臜之物,要他何用!(作夺妆奁匣委地科。差官作惊拾匣科,白)呀,怎么将妆奁匣,尽行毁碎,可惜可惜。(裴玉娥唱)〔一封书七至八〕一任他衣千褶(韵)。一任他珠盈箧(韵)。〔金凤钗六至七〕俺自有那綦巾素罗难断绝(韵)。俺自有那齐眉玉案难抛撇(韵)。(作大哭科,白)黄郎黄郎,可知你妻子,就死在这楼前了。(唱)〔皂罗袍合至末〕你在天涯何处(句)。难救我一朝祸结(韵)。俺便香消玉碎(句)。也博得名芳行洁(韵)。似绿珠拚向楼前灭(韵)。(作欲跳楼众拦阻科。裴玉娥、薛氏相抱哭,作背科,白)我儿休要如此,岂不闻神仙之言,急难之中,自有救应,且到京中,再做道理。(裴玉娥作哭科,白)娘嗄,那神仙在那里?总不如你女儿一死,得干净也。(杂扮车夫,戴毡帽,穿喜鹊衣,搭腰裙,推车,从上场门预上。裴玉娥唱)

【尚绕梁煞】问今朝有甚么仙提挈(韵)。不如俺化仙游魂安梦贴(韵)。(差官白)左右,且将他扯上车儿,封锁在内,交与这婆子看好,到了路上,再慢慢劝他便了。(众扯裴玉娥上车科。裴玉娥作哭科,白)天。(唱)不由人欲死不能遇挫折(韵)。(二卒、一车夫簇拥裴玉娥、薛氏从下场门下。差官白)咳,怎么一个妓女,也要守节起来。难得,难得!这也是俺那抚台,行强的未免不是呢。当权选艳逞风流,不管娇姿一命休。堪叹世人多反复,那知义气在青楼。(从下场门下)

第五出

夜逃幕府本情钟

歌戈韵　昆腔

(生扮黄损,戴巾,穿道袍,从上场门上,唱)

【仙吕宫引】【探春令】衙斋一入岁如梭(韵)。又良宵灯火(韵)。奈羁栖(读),远负佳人约(韵)。镇日似蚁行磨(韵)。(中场设椅,转场坐科,白)一别湘江冬复春,早梅又见吐葩新。遥怜窗下调筝女,盼杀天涯弹铗人。小生自到此间,只望有千金之赠,好偕我百世之姻。奈被强留入幕,权做参军,借我运筹帷幄,助他绥靖疆圉。幸喜天子有诏,招安苗蛮,次第归顺。小生屡欲辞去,只因安年伯,前往招抚,尚未回衙,还可笑的紧,似怕我逃走一般,竟把宅门封锁,不放一人出入,教我闷坐书斋,度日如岁。倏忽腊尽春回,又早上元佳节,想去秋□月初旬,与玉娥舟中订盟相约,止在半年为期,必到涪江奉访。屈指计来,今已五月,倘然误约变生,如何是好? 天,兀的不愁闷杀人也!(唱)

【羽调正曲】【金凤钗】想他那残妆态更无多(韵)。映朝旭芙蓉一朵(韵)。风流本色难描(句)。浑是娇来一裹(韵)。蹙双蛾(韵)。还桃腮两滴藏笑窝(韵)。含情觑人似转波(韵)。到如今浑似着魔(韵)。兀自向眼儿摹心儿上搁(韵)。还向那梦儿里低声唤玉娥(韵)。(作起迎科,白)呀,小娘子,你你来来了么？(唱)分明见莲步轻挪(韵)。向灯前同坐(韵)。(作看科,白)呸。(唱,合)原来正是我愁人(读),随身的孤影蹉跎(韵)。(入座科。副扮瘌老,戴毡帽,穿道袍,系搭包,从上场门上,白)金鳌灿烂长明日,竹马遨游不夜天。相公,今日上元佳节,三堂上设宴张灯,众位相公,俱在那里,专候相公入席。(黄损白)谁耐烦去。(唱)

【羽调正曲】【庆时丰】说甚么花灯满挂明烟火(韵)。恁玳筵开处列笙歌(韵)。则无何佳节客中过(韵)。(合)甚心情金盏相酬酢(韵)。(瘌老白)安老爷如此相待,有甚么不好。我看相公,总不情愿住下,每日短叹长吁,却是为何？(黄损白)咳,你那里知道。(唱)

【又一体】我身如系也年空过(韵)。一天心事枉耽搁(韵)。似这满城灯月奈他何(韵)。(合)相思相望愁无那(韵)。(瘌老作背科,白)一心只挂着那个粉头,那里还有心赏灯饮酒。不免回复众位相公,竟自上席,不必等他便了。正是他人有酒他人醉,任你独自无聊独自悲。(作叹息科,仍从上场门下。黄损白)我想今日元宵,转眼就是二月,那涪江离此,千有余里,连忙前去,已过半年之约,教小生那能一刻住下也。(起科,唱)

【羽调正曲】【马鞍儿】虽是恁同心缕带牢拴锁(韵)。则怕娘亲的志轻夺(韵)。少甚么买娇满斛明珠列(句)。东床位首待时多(韵)。(白)只是累俺美人呵。(唱)掏遍了纤纤玉笋(句)。泣伤他一对秋波(韵)。(合)若今生并头难会(句)。便娇娥寻遍(读),谁停妥还能似他(韵)。(白)玉娥玉娥。(唱)

【羽调正曲】【庆时丰】辜负你情儿厚也愁无那(韵)。俺做了负心亏倖意轻薄(韵)。只落得愁心如织意如梭(韵)。(合)奈迢迢川地关河大(韵)。(白)安年伯不知何日回来,喜得他送有银钱在此,不免带作盘缠,竟以看灯为名,哄出宅门,竟自不别而行,有何不可?那瘸老儿腿脚不便,且丢在这里,不必与他说明便了。瘸老儿那里?(仍坐科。瘸老从上场门上,白)只因少主观灯懒,也教老奴对酒愁。相公,元宵佳节,人人庆赏为欢,你亦当少减愁闷,保重客中身体要紧。(黄损白)我正为要遣愁闷,想去外面观灯,你可去对门上说声,教他开了宅门,放我出去。(瘸老白)那宅门乃安老爷上了封锁,不放一人出入,若说了不开,相公脸面下不来,反不好意思。衙中现有许多灯,随便去看看消遣罢。(黄损作怒科,白)那衙中的灯,那个要看!依你说,这宅门再不能开,我便再出不得这衙门了。(瘸老白)安老爷回来,自然开门放相公出去,如今实实不能够。(黄损起,随撒椅科,白)这样没用的蠢材,走开,待俺自去说。(瘸老作叹息科,白)相公说也不中用。衙门放着灯不看,定要去衙门外看灯,讨这样烦恼,讨这样没趣。(仍从上场门下。黄损作欲行又止科,白)且住,设或那门上执意不放,便和他吵闹一场,终归无益。年伯年伯,不争你好意相留,莫不倒坑煞人也。(唱)

【高大石调正曲】【卖花声】 衙署深沉(读),怎将人牢锢(韵)。似没罪羁囚(读),只争个无枷无锁(韵)。说甚么等闲潇洒居莲幕(韵)。(合)比井投辖(读),留客情更恶(韵)。自无能难飞脱(韵)。(白)且向园中一步,慢慢寻思。(唱)

【高大石调正曲】【归仙洞】 绕阶砌荒草窝(韵)。傍湖石亭一座(韵)。明月照高柯(韵)。恰近着东墙左(韵)。(场上左侧设机。黄损作笑科,白)我黄益斋聪明一世,懵懂一时。这墙外就是更道,今夕元宵,金吾不禁,支更的都去饮酒看灯,无人在此。你看靠墙一株杨柳树,可以援太湖石而上,那东边一大枝横出墙外,不免攀着低枝,跳出墙外,有何不可。(作攀枝欲跳科,唱)

我好似桂枝攀呵(韵)。莫把这烂头巾来跌破(韵)。(合)还待学龙门高跳(读),怕扯住衣罗(韵)。(上杌作跳墙,随撤杌科。黄损白)喜的不曾跌坏。好了,出这更道,便是大街。你看灯烛辉煌,金鼓喧闹,乘这看灯人众,混出城门,再做道理。(唱)

【凝行云煞】你看火枝明银花合(韵)。还喜星桥不夜词(韵)。(白)年伯,年伯。(唱)似这不别而行你须恕我么(韵)。(从下场门下。瘸老从上场门上,白)昨晚相公愁叹半夜,后来不闻声息,想是闭门就寝。今早这时候,掩着门还不起来,想是夜间劳神,身体乏了,待俺进去看看。(作叫不应向内看科,白)呀,这床上被还像不曾展开,难道昨夜没曾睡在此,那里去了?(作连叫不应科,白)好奇怪,园门开着,且到里边一看。(又作叫不应科,作望科,白)怎么墙头树枝折损。呀,那墙头上瓦,都招动落下来了。哦,是了,相公见宅门不开,不能出去,一定从树上逾墙而出,竟往涪江,寻那婊子去了。咳,相公相公,你好不情痴也。(唱)

【仙吕宫正曲】【解三酲】为佳人把功名轻薄(韵)。自沉溺爱海情河(韵)。那更孤身弱体无担荷(韵)。怎长路远奔耐可(韵)。(作掩泪科,唱)谁顾你风餐水宿饥还冷(句)。还怕日夜和衣难梦他(韵)。(合)如飘坠(韵)。空愁云目断(读),泪眼摩挲(韵)。(白)我想世间,趋奉无过娼家。相公这般行径,还不知那婊子认与不认。(唱)

【又一体】想你似断梗飘蓬无奈何(韵)。知他可并蒂连枝别爱多(韵)。怕做了天门街上歌莲落(韵)。偏教你浑似没头鹅(韵)。(白)那安老爷不久回衙,我向他哭诉此情,顾不得身带残疾,也要借些盘费,赶到涪江,找寻着相公,和他一路回家,方才放心得下。(唱)我残躯老迈拚寻觅(句)。省教他流落天涯受坎坷(韵)。(合)如飘堕(韵)。空愁云目断(读),泪眼摩挲(韵)。(白)总为多情不自由,功名两字等闲休。待他收拾残书本,不觉伤心也泪流。
(从下场门下)

第六出

病入留仙还气苦

萧豪韵　昆腔

（杂扮差官，戴小页巾，穿蟒箭袖，系鸾带，怀妆奁单、手本、礼单，从上场门上，白）

莫管佳人愁万斛，且图宰相爵三升。俺奉广抚大老爷之命，将妓女裴玉娥，进与吕太师府中，充为歌妓。可怜他一路悲伤，染成一病，而今已到京师，还未痊好。只得回明太师，或且留在外边，待好送进？或就今日，带病送入府中？禀请明示，再做区处。门上那位大爷在此？（丑扮门官，戴沙锅帽，穿青素圆领，系鸾带，从下场门上，白）有金堪进何须夜，是弊皆容别有天。是那个？（差官白）小人乃广西巡抚差官，奉主之命，特来与太师爷进奉美人。这是一副妆奁单，这是手本，敢烦通报。（作递科。门官作接科，白）太师爷正想美人，你主儿这分礼，又送巧了。（差官白）余外还有一分，孝敬大爷的，礼单在此。（作递礼单。门官作接笑科，白）单爷不比外人，自然要全领的，且请少待，回过太师，便好传见。（差官白）还有一句话，那美人感冒风寒，在路受病，还未痊好，或且留在外边，待好送进？或就今日，带病送进府中？还求禀请太师明示。（门官作踌躇科，白）怎么，那美人偏偏染起病来。太师爷最喜美人，闻知送到，巴不得就要见面，怎么等得病好，就今日送进为是。（差官白）如此，还求大爷，在旁方便一声。（门官白）这个自然。（差官白）小人暂且告退。正是深虽如海门能入，捷纵非山径易通。（从上场门下。门官白）太师爷

正在花园闲步,不免就替他回明便了。(从下场门下。净扮吕用,戴五梁巾,穿道袍,鬃,持扇子,从上场门上,唱)

【仙吕宫引】【糖多令】 碧瓦雪初消(韵)。春光变柳条(韵)。正朝回宴罢好逍遥(韵)。半醉玉楼香梦悄(韵)。红一点(读),杏花梢(韵)。(中场设椅,转场坐科。门官袖手本、妆奁单,从下场门上,跪禀科,白)广西巡抚单希颜,差人进奉美女,有手本在此。(作呈手本,吕用接作看科,白)沐恩门下小厮,广西巡抚单希颜,百叩谨禀恩相老太师万福金安,恭进美女一名裴玉娥。(作笑科,白)这官儿果然中用。(门官白)还有一副妆奁单。(作呈妆奁单,吕用接作看科,白)看来足值万金,这也太亏他了。传差官进见。(门官作传唤科。差官从上场门上,白)病体佳人权退后,惊心使客强趋前,差官叩头。(吕用白)你主儿做官好么?(差官白)太师爷听禀,念小人主儿呵。(唱)

【仙吕宫正曲】【玉胞肚】 今朝荣耀(韵)。似婴儿全凭沐膏(韵)。念栽培莫报深恩(句)。备千两为选多娇(韵)。(合)歌筵舞席侍深宵(韵)。且代躬亲挟带劳(韵)。(吕用白)如此,太费心了。差官伺候领赏,待打发回书你去。(差官作谢科,作目视门官科,从上场门下。门官白)禀太师爷,那美人于路感冒风寒,尚未痊好,只怕还不能随班伺候。(吕用白)这差官好不小心。(门官白)看那差官,还小心的,想是那美人生得太娇了些。(吕用白)也罢。且唤他来见我,再做道理。(门官应科,从上场门下。吕用白)老夫正为那第十二院留仙楼,尚少侍妾一名。这送来的美人恰好,但不知可果然出色。(门官带旦扮装玉娥,穿衫,系腰裙。老旦扮薛氏,穿老旦衣,系手帕,从上场门上,白)柳腰扶去愁偏重,梨面低来泪暗流。(作见科,白)禀太师爷,小女一路行来,风霜劳碌,感冒成疾,尚未痊好,不能叩见,望乞开恩。(吕用白)罢了,且扶他转来。(薛氏扶装玉娥转身科。吕用作看喜科,白)呀,果然天姿国色,是好一个女子也。(唱)

【又一体】看他花容娇貌(韵)。恁仙姿丰标特饶(韵)。纵低头不语含愁(句)。更风韵善画难描(韵)。(合)缘何一病不胜娇(韵)。怎忍当筵斗舞腰(韵)。(白)门官,你可引他到十二院留仙楼中住下,教这老婆子,好生服侍,就请医生调理,不得有误。(门官白)领钧旨。你们随我这里来。(薛氏白)含愁栖院里,带病入楼中。(门官引薛氏、裴玉娥,同从下场门下。吕用起,随撤椅科,白)单希颜这般有窍,不免待有机会,再上一本,将那两广总督撤回,就把他升为总督便了。(唱)

【庆余】木桃宁乏琼瑶报(韵)。管教他一岁三迁品更高(韵)。(白)美人美人。(唱)可爱你一朵琼花压翠翘(韵)。(从下场门下)

第七出

遇盟弟细诉离愁

先天韵　弋腔

(生扮金白焕,戴巾,穿道袍,从上场门上,唱)

【商调引】【绕池游】时来运转(韵)。喜得经营便(韵)。忆分金友情非浅(韵)。为客行商(句)。长途休倦(韵)。早抛开当年管弦(韵)。(中场设椅,转场坐科,白)小生金白焕是也。蒙恩兄黄益斋,赠我资本,因此撇却一班顽友,奋志经营。去年八月内,买了百十余石南姜,赶到京师贩卖。喜得冬来天气奇寒,此物缺少,一个卖了百个。随又搭了伙伴,同往辽阳,贩买人参。到了京师,又系百倍生息,不觉本钱充裕。如今要往云贵川广,贩些药材,叫了船只,来到湖广地面。不免且到汉口镇上,打听各种行情如何,再做道理。船家长那里?(丑扮陆铁汉,戴草帽圈,穿喜鹊衣,搭腰裙,系搭包,从上场门上,白)半亏外水帮扶巧,全仗家婆提挈高。自家陆折半是也。自从装了薛阿妈母女两个,几乎累了官事,喜得那抚院,念我不知他们逃走之情,将我释放。因此就在汉阳一带,来往装载生意,年来颇觉顺溜。今又揽了一个江南客商,要往广西贩买药材。昨晚泊舟在此,今早不知为何,还不教开船,听得声唤,且去看来。(作见科。金白焕白)我要到汉口镇上,打听货物行情。你且搭了扶手,等我上岸。(起随撤椅科。陆铁汉作搭扶手。金白焕作上岸科,白)欲觅蝇头息,还听蚁语财。(从上场门下。陆铁汉白)客人上岸去了,必然有会才来。我也寻个邻船伙伴,到江头酒店,沽饮一壶,有何不可?正是孤桨漫停杨柳岸,你看酒帘摇出杏花村。(从下场门下。生扮黄损,戴巾,穿道袍,持扇子,从上场门上,唱)

【商调正曲】【山坡羊】 软飘飘(读),杨垂翠线(韵)。乱纷纷(读),花飞红片(韵)。远迢递(读),奔驰的路长(句)。急忙忙(读),人也寻不见(韵)。(白)小生自离滇南,直到涪江,在那翠华街平康巷内遍找,并没有个京师下来的薛阿妈。难道裴玉娥母女,还未到彼?只得转身回来,一路寻访,竟无踪影,好生疑惑。来此又是湖广汉口江上,不免沿着江边,向那各舟中,细问一番,再做道理。(唱)想他把盟定坚(韵)。料不似鹦哥弄巧言(韵)。(白)敢是小生当日遇仙也。(唱)似恁巫山藏匿云飞散(韵)。怎不魂飘(读),疑逢玉媛(韵)。(合)长天(韵)。恨迷漫眼望穿(韵)。江边(韵)。顺船舸口问干(韵)。(从下场门下。杂扮一船家,戴草帽圈,穿喜鹊衣,搭腰裙,扶陆铁汉作醉态科,从上场门上,白)牵去如同提木偶,负来直似弄猢狲。这陆折半,今日高兴,约我们众伙计,打了个平火,沽饮一壶。谁知他吃得大醉如泥,只得扶来,送到他船上。走开走开,醉汉来了。(黄损从上场门上,作见陆铁汉惊科,白)呀,这不是那船户陆家长么?好了,有问信的人了。(作扯住陆铁汉科,白)陆家长,你还认得我么?(陆铁汉作含糊混语科。一船家白)他是个醉汉,那还认得人,休要扯。(黄损作扯不放科,白)我有话问他。(一船家白)你这相公果好笑。他醉的恁般,那晓得你问话?快放手,送他到船上,俺还要各自开船行路呢。(黄损白)你不知,俺有要紧话问他。(作扯住不放科。内叫开船科。一船家白)这相公敢是也醉了,替他讲不清。不免把陆折半丢在这滩上,俺自开船去罢了。(作丢陆铁汉倒地科。一船家白)正是各人自扫门前雪,莫管他家瓦上霜。(从下场门下。黄损作叫陆铁汉不应科,黄损白)偏偏这船户又吃得大醉,不知几时才得醒来,可不急杀小生也。(唱)

【又一体】这是个的实实(读),知情比雁(韵)。偏则又醉沉沉(读),东西难辨(韵)。(白)且住,方才那人,明明说要送他到船上。小生一时性躁,何不跟他到船上,或者那小娘子,还在舟中,也未可知。如今那人去了,又不知陆家长船在何处。咳,我好冒失,我好没智也。(唱)反落得意迟待(读),似盘中谜猜(句)。则怕那俊娇娆(读),玉人也离不远(韵)。(叫科,白)陆家长,陆家长。(陆铁汉作睡不应科。黄损白)呀,日已渐西,看他还不醒来,如何是好?(金白焕从上场门上,唱)漫仁延(韵)。细认斜阳天上船(韵)。(作见黄损惊科,白)呀,这分明是我黄大哥。(作拜见科,白)敢问哥哥,为何在此?(黄损作见惊科,白)原来是金兄弟,从何而来?(金白焕白)小弟蒙哥哥赐与资本,而今出外经商,这就是我船家。不知哥哥为何将他守定,倒在此间?(黄损白)这船家是我熟识,今正有话问他,偏偏吃得大醉,所以守定在此。(唱)我正待一天愁绪凭他遣(韵)。他偏似千日酕醄(读),醉眠不管(韵)。(合)熬煎(韵)。唤难回怎与言(韵)。俄延(韵)。守江头欲问天(韵)。(金白焕白)哥哥此言,好不明白。且将别后之事,乞道其详。(黄损白)听我道来。曾和这船户呵。(唱)

【商调正曲】【集贤宾】双帆并泊湘水边(韵)。恰人静遇神仙(韵)。一曲银筝天上转(韵)。更销魂花貌生妍(韵)。不由我痴情眷恋(韵)。他小舟儿权做了招婚商店(韵)。(合)相别转(韵)。又谁想玉人音远(韵)。(金白焕白)敢是哥哥有何奇遇,可细细说与兄弟知道。(黄损白)愚兄当日船到湘江,与这陆家长,两船并泊一处。谁知他舟中载的京师下来一个乐户,那鸨母姓薛,带着一过养女儿。良家姓裴,名唤玉娥,生得十分美貌。年幼尚未梳笼,且喜弹得一手好筝,可推曲部第一。小生只因闻得筝声,亏这船家引进,得与相会。意欲娶为浑家,怎奈那鸨母,定要千金为聘,方许从良。小生客中无措,简点空囊,只有先人留下祖代传家之宝,一个玉狮坠儿,价值千金,思量将他出卖。(金白焕白)如此稀世之宝,卖了岂不可惜?还不知可有这样售主。(黄损白)咳,说来还奇,那坠儿放在枕边,不意朦胧睡去,忽然见一白狮,向我枕边跳出,点头作别,竟自腾空而去。惊醒来忙寻那坠儿,已不见了。(金白焕白)有这等奇事?后来……(黄损白)小生见事不谐,只得开舟而去。那知那小娘子,甚是多情,随即将船赶上,与我定下鸾盟。约以半年为期,去到他原籍涪江相会。(金白焕作赞美科,白)这也难得。(黄损白)小生随到滇南水西帅府敝年伯处,思量借得千金,以做婚姻之费。不意被他留在幕中,授以参军之职,代他筹画军机,幸喜蛮夷招服。(金白焕白)如此,岂不恭喜议叙了。(黄损白)甚么议叙?去冬敝年伯招抚苗疆,尚未回署。小生恐误半年之期,或生他变,因他封锁宅门,毋能出入,只得……(作住口不语科。金白焕白)哥哥为何欲言又止?只得怎么?(黄损作笑科,白)小生只得逾墙出署,不别而行了。(金白焕白)哥哥可谓至情种矣。且问姻事成也未成?嫂嫂今在何处?(黄损白)咳,小生到了涪江,遍处寻访,并无其人。只得沿途一路找回,亦无踪影。适才到此,恰好遇着他旧日船家,正要追寻他下落,不期这船家,偏又大醉,不知人事了。(唱)

【商调集曲】【贤郎听黄莺】〔集贤宾首至五〕俺迷津去棹今复转(韵)。爱他艳色当前(韵)。则无奈渔郎大醉应难辨(韵)。〔二郎神第六句〕急忙的抓不到武陵源(韵)。(金白焕唱)〔黄莺儿五至末〕原来你蛾眉寻遍(韵)。怕娼门自小多机变(韵)。(合)那顾你恁情牵(韵)。早弹着琵琶别调(句)。跟上别人船(韵)。(黄损白)兄弟有所不知,那玉娥断不是如此之人。(唱)

【商调集曲】【二郎抱公子】〔二郎神首至三〕牵绻(韵)。从来不是(读),陌路视萧郎冷面(韵)。(白)况他羞见外人,如今还是一个处女。(唱)他从未蝶粉蜂黄轻被沾(韵)。〔金衣公子三至五〕还待俺风流京兆才画出眉如线

(韵)。(白)不知家乡那一般朋友,近况如何? 就是贤弟别来的事,也须细细说与小生知道。(金白焕白)自从哥哥赐给本钱,谁知那卜知非、刘拓国、骆德禧三个,都将来花费无存,如今照旧帮闲,十分穷苦。小弟幸托哥哥福庇,贩卖些南姜到京,一个赚了百个。随到辽阳,贩买人参,京师发卖,又获百倍之息,因此本钱充足。而今要往云贵川广,贩些药材。方才汉口镇上,打探各货行情回来,可喜恰与哥哥相遇。(唱)感深德独偏(韵)。怅离情正惋(韵)。〔二郎神七至末〕逢邂逅交缘不浅(韵)。(合)请回船(韵)。喜他乡遇相知(读),且相流连(韵)。(白)哥哥且到船上,再做道理。(黄损白)讲了半日话,想船家的酒,也快醒了,待俺再唤他一声。(作唤陆铁汉不醒科。金白焕虚白,与黄损同扶陆铁汉从下场门下)

第八出

醉船家误传凶信

先天韵　弋腔

（杂扮船家婆,戴草帽圈、牛心篡,搭包头,穿布衫,系裙,从上场门上,唱）

【双调正曲】【普贤歌】经营水面度经年(韵)。使桨乘风更拽帆(韵)。晨昏敢惮烦(韵)。驱驰费苦艰(韵)。(合)竟日贪杯无足厌(韵)。(白)自家陆阿婆的便是。今早丈夫上岸,去寻伙伴,这样时候,还不见回来,想必又吃醉了。(从下场门下。生扮黄损,戴巾,穿道袍,持扇子。生扮金白焕,戴巾,穿道袍,扶丑扮陆铁汉,戴草帽圈,穿喜鹊衣,搭腰裙,系搭包,从上场门上,白)不如意事常八九,可与人言无二三。船家婆快些搭跳。(船家婆持篙,从上场门上,作搭跳科。黄损、金白焕作扶陆铁汉上船坐科。船家婆从下场门下。黄损作急唤科,白)陆家长醒来! 陆家长醒来! (陆铁汉作醒科,白)好酒好酒。(作见黄损跳起,揉眼,细视惊科,白)呀,你你你不是那黄相公么? 你你从那里来? (黄损白)你莫管我。且问你,那裴小娘子,如今在那里? (陆铁汉白)咳,你先说与我,你一向在那里? 如何到此? 与俺这客人,如何相认? 说个明白,俺好对你说裴小娘子下落。(黄损白)咳,偏有这些唠叨,就先说与你。俺们原是同乡朋友。我特自滇南到了涪江,访问那薛妈妈,并无下落。一路找寻到此,恰好遇着你。你且说与我,那小娘子现在何处? (陆铁汉白)原来如此。咳,那裴小娘子呵……(作住口科。黄损白)为何欲言又止,那裴小娘子便怎么? (陆铁汉白)咳,黄相公,你从今不必

题他了。(黄损作惊科,白)却是为何? 快说与我知道。(陆铁汉唱)

【商调集曲】【莺啼御林】〔莺啼序首至合〕将言又忍先泪涟(韵)。(黄损白)为何吊下泪来?(陆铁汉唱)可怜他抱恨黄泉(韵)。(黄损白)难道他竟竟死了?(陆铁汉白)死死了。(黄损白)死死了!(作大哭科,白)哎呀,我那美人嗄!且问你,他得何病症? 死在何方?(陆铁汉白)那里是病。(黄损白)既不是病,岂有好好一个人,忽然就死了?(陆铁汉白)自从相公别后,我们船过嘉鱼县,到了土矶头,恰好遇着那新任广西巡抚的官船,忽然差了许多人,将那薛阿妈娘儿拿去,连小人的船都锁了。(黄损白)呀,那新任广西巡抚,乃是单希颜。他拿你船上的人,却是为着何来?(陆铁汉白)道他是京师乐籍逃户。(黄损白)他已告脱乐籍,这也有的分辩。(陆铁汉白)那由他辩? 幸喜说我船户不知情,登时放了。竟将他娘儿带了前去。(黄损白)带去怎么?(陆铁汉白)咳,相公,怎样一个如花似玉的小娘子,不过借那乐籍为名,强要收为侍妾了。(唱)他仗权势强逼生凌(句)。肯放过近前美艳(韵)。(金白焕白)原来嫂嫂,被广西巡抚中途劫去,并未得到涪江,所以哥哥入川,找寻不见。(黄损白)可知那小娘子,从也不从?(陆铁汉白)好一个贞节小娘子。小人留心打听,只听说那小娘子,一路寻死觅活,因此不便同行。那巡抚船过岳州府,就将他母女二人,交于那府太爷,看守在岳阳楼上,等他到任之后,再来搬取。(黄损白)想是如今还是在那边?(陆铁汉白)小人去年十月内,装了一船客货,到岳州府,从那楼前经过,还听说那小娘子禁锢楼中。及今年正月卸载回来,特到那楼前访问,已不见有人。只见那楼中粉壁,有首绝命词,乃是小娘子留题在上。(黄损白)甚么绝命词,你可记得?(陆铁汉白)小人因是难得一桩奇事,遂留心记了,念熟不忘,待我想来,念与黄相公知道。(黄损白)快念来。(陆铁汉白)"自抱冰霜性,青楼原寄居。幸能逢吉士,何意觏狂且。白璧身无玷,黄泉恨有余。儿郎如感旧,须把佞臣锄"。(黄损作哭重念科,白)"儿郎如感旧,须把佞臣锄"。哎呀,那单希颜,久为吕用门下走狗,竟敢如此胡行。我黄损一朝得志,若不报仇,誓不为人矣!船家长,到底那小娘子死也没死?那薛阿妈,又如何下落了?(陆铁汉白)咳,那薛阿妈却不知他存身何地。只说小人下得楼来,相离半里之远,只见簇新新一个坟墓。近前一看,上面石碣一方,写着"爱姬玉娘之墓"。忙问附近居民,有知道的对说,乃广西巡抚爱妾,新才死了,暂厝在此。这不是那小娘子死了是谁?(唱)他抱定旧鸳盟一命轻捐(韵)。空向那岳阳楼留题节显(韵)。(白)小人见他是个烈女,还买了一陌纸钱,向坟前拜了两拜。(唱)〔簇御林合至末〕我曾奠黄泉(韵)。只见他坟高数尺(句)。没个信音传(韵)。(黄损作哭科,白)哎呀,我那妻呀!兀的不痛杀我也。(作痛倒科。金白焕作急唤科,白)哥哥快醒转来。(向陆铁汉白)这是那里说起?(陆铁汉白)黄相公盘问小人,敢不实说?(金白焕白)青楼之中,有如此守志女子,这也怪不得哥哥了。(黄损作渐醒科,唱)

【商调集曲】【莺啼春色】〔莺啼序首至合〕听言不觉心胆颤(韵)。怎思及恁迍遭(韵)。枉了他阆苑花未吐先残(韵)。空教我照楼月一缺难圆(韵)。恨隔着山遥水远(韵)。救不得异灾奇变(韵)。(白)天那!(唱)〔绛都春序合至末句〕谁来知我(句)。一腔懊恨(读),此仇难咽(韵)。(金白焕白)哥哥且勿过伤,事已如此,哭也无益了。(唱)

【商调正曲】【啅林莺】 他已似珠沉合浦投玉渊(韵)。叫不回他化鹤生还(韵)。你生平功业前程远(韵)。怎频将恨惹愁牵(韵)。(黄损唱)我飘零自念(韵)。止有他能认我一双情眼(韵)。(合)恨难圆(韵)。怎下得经年离别(读),生死便相捐(韵)。

【商调集曲】【摊破簇御林】〔簇御林首二句〕他已将珠松佩(句)。我自无玉种田(韵)。〔啄木儿二至六〕反做了他自多情侬运遭(韵)。总不曾玉烛兰房(句)。空便教恨含幽泉(韵)。(作哭科,白)美人美人,我的妻。(唱)也愁你招人冶容窥不免(韵)。那知你守身白璧终无玷(韵)。〔簇御林合至末〕倒误你正芳年(韵)。俺拚去朝朝守墓(句)。誓盟定再生缘(韵)。(黄损作欲走,金白焕作拦阻科,白)哥哥那里去？(黄损白)兄弟,我就到岳州府,找寻那美人坟墓。且将他痛哭一场,再做道理。(金白焕白)哥哥休要性急。小弟这船,原是叫到广西去的,必由岳州府经过。明早开船,到了岳州府,小弟少不得陪着哥哥,上岸找寻嫂嫂坟墓,一同祭奠便了。(陆铁汉白)金相公言之有理。黄相公,你要找寻那小娘子的坟,离不得小人引去,不须性急。(黄损作哭不应科。金白焕、陆铁汉白)看他如此伤情,那裴小娘子,死亦不枉了。(金白焕唱)

【庆余】似这等千金一诺情无变(韵)。方信道才子佳人节义全(韵)。(黄损白)单希颜单希颜。(唱)拚和你生死难甘做恶冤(韵)。(同从下场门下)

第九出

神惊奸相保贞姬

庚青韵　昆腔

（老旦扮薛氏，穿老旦衣，系手帕，扶旦扮裴玉娥，搭包头，穿衫，搭腰裙，从上场门上，唱）

【中吕宫引】【尾犯引】玉坠总难凭(韵)。轻听诞言(句)。冤留生命(韵)。自入侯家(句)。何日离那陷阱(韵)。(薛氏唱)春已去(读)，白杨舞絮(句)。夏方长(读)，浓阴满庭(韵)。(裴玉娥唱)时光速(句)。天涯海角(句)。两下音信难省(韵)。(场上设桌椅，各坐科。裴玉娥白)母亲，我自被奸贼送入此间，不觉两月，喜得病体未痊，免得人来缠扰。但终日不死不活，如醉如痴，未知何日，才得脱离樊笼也。(作掩泪科。薛氏曰)我儿，且自耐烦，设或那黄生知你下落，想方竟来救你，亦未可知。(裴玉娥白)咳，我想当初与他相约，原以半年为期。而今半年已过，那生必然访到涪江，找寻你我不着，也不知他心下如何光景了。(唱)

【中吕宫正曲】【尾犯序】想他途远叹空行(韵)。只道浪荡萍浮(读)，终是妓院无情(韵)。怎知俺被胁遭强(读)，惨嗑嗑灾生(韵)。悲哽(韵)。俺难效题红句香沟传语(句)。他又没咏青柳官衙问讯(韵)。(合)还相待(句)。相逢泉下方得践前盟(韵)。(丑扮歌妓，戴过梁额，穿宫衣，从上场门上，白)床畔自余流泪枕，楼中早设合欢筵。自家留仙楼中歌妓是也。这裴家姐姐，乃俺楼中领袖,来到就患病,两月来并不曾入班答应。今日太师吩咐,备宴在此伺候,只得对他说声。(作进见科。薛氏起,随撤椅科。歌妓白)姐姐恭喜贺喜。适才太师吩咐,备宴在此楼中,今夜与你成亲,快些梳妆。(裴玉娥作大惊科,白)咳呀!俺裴玉娥的冤家又到也。(作哭科。薛氏白)我儿休要如此。事到其间,且勉强顺从他罢了。(歌妓白)这又奇了。这周围十二座楼中,多少姊妹们,那一个不想望太师宠幸,怎么姐姐一闻此言,倒烦恼起来?(裴玉娥唱)

【又一体】心惊(韵)。说甚抱枕效群星(韵)。俺愿做楚囚(读),甘守孤另(韵)。歌舞筵前(读),不由人痛情(韵)。怎肯(韵)。打脱了文禽比翼(句)。学共那文鸳并颈(韵)。(合)应拚向(句)。楼前碎首玉骨也香馨(韵)。(薛氏唱)

【又一体】沧桑还变更(韵)。百世姻缘(读),都是幻影浮生(韵)。对景求欢(读),休误却娉婷(韵)。还听(韵)。放着这珠围翠绕(句)。莫频将云愁雨恨(韵)。(合)伊自此(句)。愁怀罢遣相对喜盈盈(韵)。(裴玉娥唱)

【又一体】絮语不能听(韵)。恨敲断瑶簪(读),已似投井银瓶(韵)。俺白玉无瑕(读),怎肯污着青蝇(韵)。(白)那厮今晚若来,只拚着这条性命,对付他便了。(起随撤桌椅科,唱)伤情(韵)。他道是姻缘簿前生早注(句)。那知是勾魂帖今宵缘尽(韵)。(白)罢罢罢。(唱,合)俺且去(句)。森罗殿里做鬼把冤鸣(韵)。(从下场门下。歌妓白)咳,你看他竟自倒在床上哭去了,设或太师爷知道,恐不稳便。薛妈妈,你还劝他转来才好。(薛氏白)如果太师来时,只说病还未好。还求姐姐们,大家方便一声。(歌妓白)这个自然。正是落花有意随流水。(薛氏白)怎奈流水无情恋落花。(同从下场门下。杂扮四歌姬,各戴过梁额,穿宫衣。内二人持宫灯,引净扮吕用,戴五梁巾,穿道袍氅,从上场门上,唱)

卷下 095

【中吕宫正曲】【山花子】漏沉院宇饶清景(韵)。那堪冶艳倾城(韵)。可人怀百种媚生(韵)。况良宵打动春情(韵)。(白)前日单希颜,送来美人裴玉娥。我见他绝世姿容,十分得意,就派在第十二院留仙楼内居住,命为美人,统领歌妓。因他途路风霜,感冒成疾,未经收用,今已两月。早间吩咐,摆宴在他楼中伺候。那薛婆又来回话,说玉娥病体未痊,不能答应。我想如此美色当前,教我饥渴情怀,焉能久待。只得免其侍宴,惟着今宵陪荐枕席,事到其间,少不得还要加意温存也。夜宴已罢,不免掌灯前去。(唱,合)细端详他娇容可憎(韵)。则怕颠鸾倒凤娇不胜(韵)。教俺怜香惜玉心自疼(韵)。安排着雨怯云羞(读),须索款款轻轻(韵)。(同从下场门下。薛氏从上场门上,白)相府权偏重,儿家性更娇。太师定要成亲,无奈女儿倒在床上,并不起来梳洗,任凭老身苦劝,总不回心。天那,则怕今夜就做出事来了。话犹未了,那边太师早来到也。不免且上前去迎接。(四歌姬引吕用从上场门上。薛氏白)老身叩接太师。小女抱恙在床,不能起迎,望乞恕罪。(吕用白)罢了,你自回避。(薛氏从下场门下。吕用白)来此已是留仙楼。众歌妓,掌灯前行,就入这院中去也。(四歌姬、吕用同唱)

【中吕宫正曲】【舞霓裳】细细笙歌入云轻(韵)。入云轻(格)。对对花灯引前行(韵)。引前行(格)。那还皓月相辉映(韵)。送荼蘼盈架晚风清(韵)。早望见楼台倒浸(韵)。(合)还相怪(句)。不卷珠帘暗花影(韵)。(作到科。内出火彩科。杂扮白狮,穿狮形切末,系汗巾,从下场门上,跳舞科。吕用、四歌姬作跌倒科,唱)

【中吕宫正曲】【红绣鞋】何方异兽狰狞(韵)。狰狞(格)。俄然跃出堪惊(韵)。堪惊(格)。奔出院(句)。敢消停(韵)。魂出壳(句)。胆儿惊(韵)。(合)还腿软(句)。步难行(韵)。(同从上场门下。狮子从下场门下。杂扮四家丁,各戴大

帽,穿箭袖,系縏带。二人持刀,二人持棍,从上场门急上,唱)

【又一体】正当守夜轮更(韵)。轮更(格)。惊闻内院传声(韵)。传声(格)。(内出火彩科。四家丁作跌地乱跑科,唱)看恶兽(句)。早魂惊(韵)。都退后(句)。敢前迎(韵)。(合)愁一旦(句)。撞见伤生(韵)。(从上场门下。薛氏从下场门上,唱)

【又一体】果然玉坠成精(韵)。成精(格)。教人感谢仙灵(韵)。仙灵(格)。惊遍了(句)。满门庭(韵)。无大小(句)。各逃生(韵)。(合)还听得(句)。一片呼声(韵)。(白)我儿那里?(裴玉娥袖玉狮扇坠,从下场门上,唱)

【又一体】已拚命丧幽冥(韵)。幽冥(格)。俄闻一派虚惊(韵)。虚惊(格)。强挣起(句)。问分明(韵)。因甚事(句)。笑颜生(韵)。(合)今日得(句)。退去安宁(韵)。(薛氏白)我儿,方才那太师一进院中,只见一个白毛怪兽,忽从楼中跳出,将他惊倒在地。幸被众人扶起,一齐跌跌倒倒,奔到院外,四散而逃。老身方才伏在楼下,偷看那兽,莹白长毛,猱头巨口,腰系一条红带,分明与你所带玉狮,一般形相,岂不是那坠儿成精出现了。(裴玉娥作惊看玉坠科,白)有这等奇事? 你看这坠儿,还好好在我身边。不知那异兽,如今还在么? (薛氏白)听说那异兽,直赶出院外,到他家前家后,跳舞一番,然后忽然不见。(裴玉娥白)如此说来,果是玉坠显灵。想当初仙言,急难中自有救应,果然一些不差。(作拜科,白)谢天地,俺裴玉娥好不侥幸也。(薛氏唱)

【庆余】笑他一天好事留谈柄(韵)。料从今握雨携云总不成(韵)。(裴玉娥白)玉狮玉狮。(唱)则要你伴我空帏度一生(韵)。(同从下场门下)

卷下　097

第十出

误祭孤坟伤墨迹

尤侯韵　昆腔

（生扮金白焕，戴巾，穿道袍，从上场门上，唱）

【南吕宫引】【挂真儿】一路追寻觅旧偶(韵)。知他恨是为鸳俦(韵)。嗔我无端(句)。联行情重(句)。也把眉儿陪皱(韵)。(中场设椅，转场坐科，白)俺黄大哥，因裴玉娥为他守节，抱恨而亡，意欲到他坟前祭奠一番。今早船到岳州府，他随登岸前行，到岳阳楼下相等，教俺端正祭礼，与陆家长随后赶去。祭礼已停当了，陆家长那里？(丑扮陆铁汉，戴草帽圈，穿喜鹊衣，搭腰裙，系搭包，捧手盒、酒器筐子，从上场门上，白)多情怀旧侣，备礼上新坟。金相公，祭礼已端正在此。黄相公早已去了，俺们也就此同行罢。(金白焕白)正是烈行自留千古恨，香魂如在万人钦。(同从下场门下。生扮黄损，戴巾，穿道袍，从上场门上，唱)

【越调引】【霜天杏】心忙急走(韵)。但见孤云映(句)。空含泪眼且登楼(韵)。知甚处凭来舞袖(韵)。(白)来此已是岳阳楼上。想玉娘当日在此，受尽折磨。你看苍烟满目，四顾凄凉。玉娘玉娘，未知你幽魂何处，好不令人心伤也。(作掩泪科，白)呀，那边粉墙上墨迹数行。(作看科，白)原来这这便是俺玉娘绝绝命之词了。(唱)

【越调正曲】【小桃红】痛祥鸾彩凤此中囚(韵)。今日里人难重觏(韵)。也(格)。单则见绝命新词(读),向粉壁题留(韵)。看窗外野烟浮(韵)。水连天(读),云影愁(韵)。这凄凉(读),尽教他来生受(韵)。也(格)。(白)俺呵。(唱,合)只为没明珠十斛相招(句)。(白)妻。(唱)怎知你岳阳楼早做了石家楼(韵)。(白)尝闻得人言,吕洞宾三醉岳阳楼。洞宾洞宾,你何不再到此间,度得俺玉娘脱离此难,也不致他一旦死于非命了。(唱)

【越调正曲】【下山虎】倘得个仙来搭救(韵)。(白)也免得今日呵。(唱)似白云黄鹤去悠悠(韵)。恨不得逢两口(韵)。重寻旧游(韵)。(白)玉娘玉娘,我为你一片苦心,不识你死去可能知道。(唱)我为你欢笑场中(读),从没曾放开笑口(韵)。还为你(读),将现在功名一旦丢(韵)。我为你风餐并水宿(韵)。一似长线吞来咽断钩(韵)。(合)意往空驰骤(韵)。巴不到桃花洞口(韵)。只落得梦里无时不并头(韵)。(白)玉娘,我只道你在涪江,怎知你断送在此。你休怨我来迟了。(唱)

【越调集曲】【蛮牌带宝蟾】〔蛮牌令首至合〕你只道我薄幸把人丢(韵)。终朝泪满眸(韵)。(白)咳。(唱)思夫你甘化石(句)。已在岳阳楼(韵)。也不去上青天蜀道游(韵)。拚着向潇湘赤蓼滩头(韵)。〔香罗带第五句〕早和你死生聚处(句)。(白)今日呵。(唱)〔斗宝蟾末一句〕空对着残诗在壁(读),你何处魂游(韵)。(作痛倒科。金白焕、陆铁汉捧盒子、筐子,同从上场门上。金白焕白)只为招魂同酹酒,非关览胜且登楼。你在此少待,待俺上楼看来。[陆铁汉捧盒仍从上门(场)门下。金白焕作登楼科,唱]

【越调正曲】【江神子】烟波四望愁(韵)。(白)呀,哥哥。(唱)却原来痛

卷下 099

倒空楼(韵)。(作扶起科。黄损白)兄弟来了,且看你嫂嫂壁上所题。(金白焕作看科,白)咳。(唱)看了他断肠词抱恨悠悠(韵)。分明是空山碑引教泪难收(韵)。(合)定博得芳名不朽(韵)。(黄损唱)

【越调正曲】【斗黑麻】恨不得将壁来凿(读),把好句谨收(韵)。我待要和哀词(读),又没个霜毫在手(韵)。那更苦咽心儿上(句)。写不尽万恨千伤(读),总教泪流(韵)。(合)只怕诗句留(韵)。枉将遗笔丢(韵)。(金白焕白)哥哥不消过虑,料这烈女之词,自然有鬼神呵护。(唱)且莫虑风雨摧残(句)。且莫虑风雨摧残(叠)。料自有神灵护留(韵)。(白)哥哥,祭礼端正,且和你到坟上去来。(黄损白)那陆家长可曾同来?(金白焕白)已在楼下等候。(黄损白)如此快去。(作同下楼科。陆铁汉捧盒从上场门上,作见黄损科,白)呀,黄相公,你才到岳阳楼,便把眼儿哭的肿肿的,莫要出尽了眼泪,到那坟头上,便要干号了。(金白焕白)休要取笑,快引路前去。(场上左侧设碑碣,上写"爱姬玉娘之墓"科。陆铁汉白)如此说,随我来,那前面高高一个堆儿就是了。(黄损作看科,白)这这就是?[随(陆)铁汉白]你不见坟上小小一方白石碑碣么?(黄损作看科,白)爱姬玉娘之墓。[作怒(怒)科,白]呀,这厮好不无礼,怎将我的美人,公然称为爱姬。况玉娘并未失身于彼,冥冥之中,安能受此名称之辱!待我将石块,且把这碑碣打碎,再作区处。(作寻石欲打碑碣科。金白焕白)哥哥且莫动怒,看那碑碣上,并没官衔姓氏。今日哥哥既来相认,便是哥哥的爱姬了。(黄损白)这也说得有理。(作哭科,白)我那玉娘妻呀!怎知你就就断送在此处也。(陆铁汉作摆祭科。黄损作拜,金白焕随拜科。陆铁汉作发诨科。黄损唱)

【越调正曲】【祝英台】这便是瘗香堆埋玉径(句)。一腔幽怨此中留(韵)。看江上去水(句)。万古长流(韵)。难洗此恨同仇(韵)。休休(韵)。痛伊自未嫁先休(韵)。忍别自寻来佳偶(韵)。(合)愿今世(读),甘终身成个孤宿(韵)。

(金白焕白)哥哥不必过伤。天色已晚,且请回船去罢。(黄损白)兄弟自便,我在此不去了。(金白焕白)说那里话。(黄损白)我若丢了他去呵。(唱)

【又一体】今后(韵)。有谁知孤魄寂(句)。空余凉月照坟头(韵)。宿草白杨(句)。寒食清明(句)。一陌楮帛何求(韵)。(金白焕唱)眉皱(韵)。但一朝早步蟾宫(句)。少不得冤情直奏(韵)。(合)管情他(读),魄魂儿望故夫香艳悠悠(韵)。(白)哥哥,常言道死者不可复生,便在此守定孤坟,终归无益。那嫂嫂遗诗之句,只要哥哥得志,与他报仇。今乃大比之年,船中无事,尽可温习诗书。小弟粤西一转,不过月余,便可一同进京。恰好届期乡试,总在小弟身上,替哥哥捐纳一监,去下比场。以哥哥大才,功名直如拾芥。那时博一个封赠与嫂嫂,使他一片冰心,流芳百世,岂不美乎!不知哥哥意下如何?(黄损白)贤弟爱我实深,愚兄倘有寸进,决不敢忘。也罢,待我再向坟前,拜辞他一番。(复作哭拜科,白)玉娘,我那妻,你丈夫如今去了。若果一朝得志,定然替你报仇,搬丧回里,和你将来并穴一处。你若香魂有知,安心相待,切莫凄惶。(陆铁汉作收祭礼科。黄损白)妻呀妻。(唱)

【意不尽】一番昭告伊知否(韵)。(金白焕白)哥哥。(唱)且莫长顾孤坟频转头(韵)。(黄损白)罢罢罢。(唱)俺只待求尚方宝剑(句)。奸臣一旦来授首(韵)。(从下场门下,随撤碑碣科)

第十一出

欣献凯绩奏元戎

先天韵　弋腔

(杂扮四将官,各戴打仗盔,穿箭袖打仗甲,带刀,系橐鞬,执彩鞭。杂扮二中军,各戴中军帽,穿蟒箭袖通袖褂,带刀,背应背勒,执彩鞭,引外扮安毅,戴貂,穿蟒,束带,执彩鞭,从上场门上,唱)

【仙吕宫引】【望远行】定危荡险(韵)。片檄干戈自掩(韵)。兀那书生(句)。甚事功名躲闪(韵)。忍教他儒学沉埋(句)。肯自把奇勋高占(韵)。待陈情吾皇洞鉴(韵)。(白)一别燕云岁月深,西山寇盗莫相侵。旧游烽火天涯梦,铁马驰驱报主心。下官征蛮大将军安毅。自用参军黄益斋之策,檄谕苗蛮,幸俱就抚,善后经营,已经一载。目今奉诏钦取还朝,面圣之时,这第一等军功,少不得将黄年侄首先议叙。但他天生情种,因与妓女裴玉娥,订就婚姻之约,前乘下官出抚夷疆,宅门封锁,竟自不告一人,逾垣而去。及下官回衙,随即差人去到涪江川省,遍找无踪,不知何往。他家人瘸老,倒有一点忠心,哭哭啼啼,只要亲去寻访。下官只得给与盘费,又差了两名健卒,同他先到金陵,如果未回原籍,便来京中见我。那时奏明圣上,行文各省,出榜招求,必知下落。说话之间,早出了滇南胜境,又则是贵阳交界也。(唱)

【仙吕宫正曲】【长拍】叠叠云峰(句)。叠叠云峰(叠)。潺潺涧水(句)。远控西南天堑(韵)。闽关渐近(句)。早撇过金齿石屏(句)。雾渺茫遥接巫黔(韵)。俯首泪潸潸(韵)。痛兵连祸结(读),黎民遭陷(韵)。一缕炊烟青已没(句)。碧磷乱鬼声尖(韵)。喜一旦鲸鲵迹敛(韵)。(合)免凋残老幼(读),全被锋铦(韵)。

【情未断煞】一任征衣轻尘点(韵)。且笑看山腰桃柳挂松巅(韵)。(白)俺此去面圣呵。(唱)管教龙颜春色添(韵)。(从下场门下)

第十二出

大登科忠纠奸佞

东钟韵　昆腔

（杂扮黄门官，戴纱帽，穿圆领，束带，执笏，从上场门上，唱）

【仙吕调只曲】【点绛唇】寰海无惊(韵)。一人欢庆(韵)。民风动(韵)。武右文崇(韵)。同上升平颂(韵)。(白)天仗宵严建羽旄，春云送色晓鸡号。金炉香动螭头暗，玉佩声来雉尾高。下官黄门是也。今乃宣德四年会试之期，天子临轩策士，正当金殿传胪，恰好苗疆就抚，大将军奏凯还朝。为此龙心大悦，一面议叙军功，一面传胪放榜，降旨将太平琼林二宴，齐设朝堂，文东武西，朝臣自三品以上，皆着陪宴。不知那军功首叙，与那胪头榜首，端是何人？岂不较之往常，更加荣耀。话犹未了，文武官陆续来到也。(场上设台帐桌机科。杂扮杨士奇，戴纱帽，穿蟒，束带，执笏，从上场门上，唱)

【黄钟宫引】【玉女步瑞云】试卷弥封(韵)。多士凭公遴贡(韵)。待御笔龙头点中(韵)。(白)下官内阁大学士兼礼部尚书杨士奇是也。奉旨主试衡文。今乃传胪放榜之期，只得在此伺候。(外扮安毅，戴貂，穿蟒，束带，执笏，从上场门上，唱)

【又一体】洗却尘封(韵)。还见五云高捧(韵)。早不觉诚惶诚恐(韵)。

(白)下官征蛮大将军安毅是也。奉旨还朝,命将平定苗疆大小军功,奏闻议叙。来此已是午门,那边是杨老先生,请了。(杨士奇白)将军招抚夷疆,除此一方涂炭,其功不小矣。(安毅白)晚生正仰体老先生从前请罢交趾兵之意,仿佛而行耳。(杨士奇白)不敢。请问老黄门,今日金殿传胪,又值军功议叙,我等奏事,孰后孰先,未知可曾请得有旨?(黄门官白)有旨到来。国家文武并重,但今武成永定,文教方兴。着大将军先奏议叙军功,然后传胪唱榜。(安毅白)如此僭先了。(黄门官白)圣驾临朝,就此俯伏。(从下场门下。内作乐科。杂扮四宫官,各戴昭容帽,穿圆领,系绦,执扇符节。杂扮四太监,各戴太监帽,穿贴里衣,系绦。同从两场门分上,在台帐两边机上侍立科。杂扮一太监,戴大太监帽,穿贴里蟒,束带、带数珠、持拂尘,从上场门上,在台帐后立科。安毅作跪科,白)臣征蛮大将军安毅见驾,愿吾皇万岁万岁万万岁!(一大太监白)可将蛮夷如何就抚,并各谋臣战士,大小功劳,一一奏来。(安毅白)万岁。(唱)

【黄钟宫正曲】【啄木儿】 皇仁溥帝泽宏(韵)。雨露殊施异类同(韵)。(白)臣有参军黄损,乃金陵饱学秀才。臣实资其谋策,檄谕蛮夷,方才归服。(唱)使不着逞戈矛阵上雄威(句)。全亏他运风雷毫下词锋(韵)。因此一心归化输诚贡(韵)。民生免哀别离痛(韵)。(白)只是此生,辞归完娶,后竟不知下落。伏望吾皇,降旨各省,挂榜招求,庶首功得邀上赏,凤学不致沉沦,而国家亦可收得士之效矣。(唱,合)须教他会合风云一旦通(韵)。(白)其余军功次第,臣已本内奏明。伏祈圣鉴。(一大太监绕场,中场立科,白)圣旨到来。"苗疆就抚,足见经国宏猷。谋臣战士,协助同心,朕心嘉悦。大将军安毅,晋封公爵。参军黄损,准以第一等军功议叙。该部行文天下,挂榜招求,咨送来京引见,余依议"。钦此谢恩!(安毅白)万岁。(作起科。杨士奇跪科,白)臣大学士礼部尚书主试杨士奇谨奏。(一大太监白)奏来。(杨士奇唱)

【又一体】文明启看化龙(韵)。一个个笔吐奇花颖思充(韵)。拜乌台万国贤良(句)。羡题桥多少英雄(韵)。(一大太监从下场门下。杨士奇白)微臣谨将新进士对策试卷,分为三甲,拟定数名,恭呈御览,钦点状元。(唱)虽则羽仪清泰皆麟凤(韵)。还待当朝选将作梁栋(韵)。(合)少不得御笔亲标第一红(韵)。(一大太监从上场门上,白)圣旨到来。"朕览多士对策,惟金陵监生黄损条奏,博大畅明,言有根底,自是体用兼优之士,堪为状元。但与大将军适才所奏议叙参军,姓名籍贯相同,果否即是一人?至榜眼探花以下,二甲三甲,悉照大学士所定名次"。传胪已毕,即宣状元黄损,上殿见驾,着大将军殿前识认具奏。(杨士奇白)领旨。(起科。安毅作惊科,白)适才殿上传胪,第一甲第一名状元及第,竟是金陵监生黄损,难道就是参军黄益斋,到京应试联捷了?且待他入朝见驾,细细识认,再作道理。(杨士奇白)传胪已毕。圣上有旨,单宣状元黄损见驾。(生扮黄损,戴纱帽,簪花,穿圆领,披红,束带,执笏,袖本章,从上场门上,白)天街尘静马蹄轻,经阁词林早擅名。谁谓此中难可到,年年长傍紫宸明。下官黄损,自随金家兄弟之便,来到京师,又亏他替我援入国学,中试北闱,会场联捷,殿试已过。今日传胪唱榜,钦点得中第一甲第一名状元及第,奉旨宣入见驾,不免整肃衣冠,竟向金阶而进,想起来好不侥幸也。(安毅作望见科,白)呀,那来的果是我年侄黄益斋。亏他得中状元,可喜可喜!(黄损作跪科,白)臣新科状元黄损见驾,愿吾皇万岁万岁万万岁!(一大太监白)圣上有旨,宣大将军上殿识认。(安毅作跪科,白)臣启陛下,新科状元黄损,果系臣之参军,但系金陵秀才,不知何时援入国学。(起科。一大太监白)圣旨到来。状元黄损,既前参赞幕府有功,为何不待议叙,又复来京中式(试),可将家世始末,一一奏来。(黄损白)万岁。(唱)

【双角只曲】【折桂令】念微臣一介书佣(韵)。痛只痛家业凋零(韵)。四海飘蓬(韵)。没奈何词牍权亲(句)。暂隐毛锥(句)。略赞军戎(韵)。还只为观光有情(韵)。休思量参幕无终(韵)。幸看遍十里花红(韵)。羞答答还题甚因人成事附骥论功(韵)。(杨士奇作跪科,白)臣观状元黄损,既抱经世之才,又有凌云之志。今科得此大魁,可谓苍生之福。臣敢为陛下得人贺。伏乞圣恩,即将两重爵秩,并赐一人,以彰旷典。(一大太监白)依卿所奏。状元黄损,以翰林院修撰,加封一等安滇侯。将琼林太平二宴,总设一处,着二卿主席同陪。钦哉谢恩!(安毅跪,同杨士奇呼万岁起科。黄损白)臣有短表,奏闻陛下。(一大太监白)卿有何事奏来?(黄损白)臣本草茅疏贱,骤得进身,原不应弹劾大臣,以伤国体。但既蒙殊恩异数,如有所知,安敢畏罪不言。以上负圣明纳谏如流之盛心,且下背耻与佞臣同朝之夙志。臣知冒死言之于前,随当罢斥于后。只愿邀蒙圣鉴,死亦甘心。(唱)

【双角只曲】【雁儿落带得胜令】〔雁儿落全〕臣只为报区区一点忠(韵)。耻与那在当道金壬共(韵)。因此上冒龙颜奏玉墀(句)。那顾得触天怒耽惊恐(韵)。(一大太监白)圣旨到来。卿耻与佞臣同朝,所指何人?奏来。(从下场门下。黄损白)佞臣广西巡抚单希颜,出入相臣吕用门下,为其走狗,一岁数迁。自到巡抚之任,依仗吕用权势,残害生民,贪财好色,恶不胜诛。(唱)〔得胜令全〕呀(格)。则怪他相狼狈蔽皇聪(韵)。一个个擅威福弄权衡(韵)。全不顾遭屠毒生民痛(韵)。数不尽贪人财贿赂通(韵)。重瞳(韵)。惟只愿天讨休轻纵(韵)。尸饔(韵)。臣怎敢效阿匼自取容(韵)。效阿匼自取容(叠)。(黄损从袖中出本章进呈科,白)二臣恶行劣款,臣已本内逐细陈明,伏乞圣鉴。(黄门官从下场门上,接本科,从下场门下。一大太监从下场门上,白)圣旨到来。"状元新进小臣,辄能不避怨嫌,参劾权幸,所陈抚臣劣款,证据昭然。似此直言侃侃,有古大臣之风,再赐黄金千两,彩缎百端,以旌其直。吕用现在告病,准令罢相休致,姑念老臣,免其究问。广西巡抚单希颜,即着革职,拿送来京,发三法司逐款严审定拟具奏"。钦此。退班。(黄损作叩头科,白)万岁!(起

卷下 107

科。四宫官、四太监、一大太监仍从两场门分下。场上随撤台帐、桌机科。黄损白)门生樗蒲庸材,得邀圣天子殊遇之恩,实赖老师相成全之德。(杨士奇白)状元适才一本,参劾权幸,可谓才人有胆。但是弹章出之袖中,所参各款,访闻甚悉,似非一时所为,敢是平日与他也有甚怨仇。(黄损作背科,白)下官那一种心事,如何好对人明言。(向杨士奇白)老师相,门生风闻已久,只为国家公事起见,并无怨仇。(杨士奇白)这也难得。(黄损向安毅白)小侄感蒙大德提携,竟得军功首叙,只是当年不别而行,思之未免惶恐。(安毅作笑科,白)贤侄大小登科,总在此行而得,倒是老夫免(勉)强奉留,多有得罪耳。(黄损唱)

【双角只曲】【收江南】呀(格)。说么甚小登科也因此呵(句)。不觉气冲冲(韵)。(白)倒是那大登科,其实亏我那一走。年伯,你当日将我留入幕府,岂不知功名易得,富贵可期。但今仔细想来,怎得如状元及第的好。(唱)笑当年嫁衣代作枉劳功(韵)。今日里天衣自取早收成(韵)。倩玉女手缝(韵)。倩玉女手缝(叠)。博得簇新新一朵宫花重(韵)。(安毅白)贤侄大才,岂老夫所能限量。(黄损白)小侄偶然取笑,年伯万勿介怀。但不知瘸老儿,可曾随着来京?(安毅白)那瘸老儿,见老夫差人往涪江访你不着,哭哭啼啼,只要自去找寻,老夫因又差人将他送到金陵。若贤侄不曾回籍,教他仍到京师,想不日也要回来了。(黄损白)如此多累了。(杨士奇白)御宴已备,就请同行。(黄损白)二位大人请。(唱)

【双角只曲】【沽美酒带太平令】〔沽美酒全〕感天家恩深重(韵)。感天家恩深重(叠)。游宝马争看拥(韵)。领仙班玉勒雕鞍控花骢(韵)。诚书生傲骨不终穷(韵)。观气质多豪纵(韵)。(作背科,白)则无奈我玉娥何处也。(唱)〔太平令全〕说甚么荣华享用(韵)。问那得同心永共(韵)。虽则俺冤仇报把巨奸轻送(韵)。还仗你幽灵佑将宸衷感动(韵)。俺呵(格)。对人前欢涌(韵)。

喜涌(韵)。禁不住断肠悲怆(韵)。(白)玉娘玉娘,这种情。(唱)呀(格)。问伊可梦泉台芳心自懂(韵)。(作对杨士奇虚白科。杨士奇唱)

【三句儿煞】羡文才济济笙歌拥(韵)。(安毅唱)更喜那车书万国同(韵)。(黄损白)天呵。(作背科,唱)则待把冠诰五花早寄到埋玉冢(韵)。(同从下场门下)

第十三出

化医生非爱奸臣

侵寻韵　弋腔

（杂扮院子,戴罗帽,穿道袍,系縧带,从上场门上,白）

室内妖难去,门前客不来。自家太师吕府中门官是也。俺府中忽然出了一个白毛怪兽,忽隐忽现,任是法官捉拿禳解,总不能退。一家大小,日夜不宁,俺太师着了一惊,染成一病。前日又被新科状元,弹了一本,将一个得意门生单希颜,轻轻革了职,还要拿进京中,刑部勘问。俺太师亏得皇上宽仁,单只罢相休致。因这一场气恼,病体益加沉重,可笑京师这些名医,服药总无见效。为此太师着急,命俺门前挂一榜文,有人识得此病根由,包医得愈,即便谢一千金。且将榜文挂起,看有何人来到。正是福无双降虽难定,祸不单行不是虚。（从下场门下。净扮汉钟离化身,戴巾,穿道袍,系绦,持拂尘、渔鼓、简板,从上场门上,唱）

【南吕宫引】【临江仙】节义即临仙种近(韵)。莫云仙客无心(韵)。无心偏解惜情深(韵)。须知实种子(句)。本不为宣淫(韵)。(白)身即乾坤勿外求,虚灵一点最深山。自从识得还元妙,六六宫中春复秋。小仙汉钟离,自与众仙飞过洞庭湖,游罢滇南胜境,又早三个年头。因念黄生夫妇,一段姻缘未了,当日曾将玉狮坠,转烦洞庭龙女,授与裴玉娥。而今带入相府,被玉狮兴妖作怪,弄得那奸相,惊忧成病,正在挂榜求医。想那黄生裴玉娥,姻缘有分,今已魔障将完,不免将他撮和团成,也不枉仙家一番妙用。为此别过众仙,来此相府门首,口唱道情,看他如何,再做道理。(唱)

【道情】无根树,花正黄,色正中央戊已乡。东家女,西家郎,配合夫妻入洞房。黄婆欢饮醍醐酒,一日掀开醉一场。这仙方,不老浆,永保长生是药王。

【又一体】无根树,花正明,月魄天心逼日魂。金乌髓,玉兔精,二物抟来一处烹。阳火阴符分子午,沐浴加临卯酉门。守黄庭,养谷神,男子怀胎可笑人。

【又一体】无根树,花正香,铅鼎温温现宝光。金桥上,望曲江,月里分明见太阳。吞却乌肝并兔髓,换尽尘埃旧肚肠。入仙乡,谒玉皇,静里功夫自在忙。

【又一体】无根树,花正娇,天应星兮地应潮。屠龙剑,缚虎绦,运转魁罡斡斗杓。煅炼一炉闲日月,扫尽三千六百条。步月霄,任逍遥,多少凡尘一笔消。

【又一体】无根树,花正红,摘尽红花一树空。空为色,色即空,识破虚空在色中。了了虚空色相法,相法常存不落空。号圆通,际大雄,一旦超升上九重。

【又一体】无根树,花正无,无相无形难画图。无名姓,却听呼,噙入丹田造化炉。运起周天三昧火,煅炼虚空返太虚。谒仙都,受天图,才是男儿大丈夫。(院子从上场门上,白)这道人唱了半日道情,倒也好听。你还是要化斋,要化钱?(汉钟离白)都不化。(院子白)都不化,怎么?(汉钟离白)听俺道来。(唱)

【黄钟宫正曲】【梁州赚】俺炼性明修(句)。爱云游露吸霞饮(韵)。(院子白)可有甚么本事?(汉钟离唱)能知祸禄(韵)。便招手回生可担任(韵)。(院子白)原来是个扯空头掉油嘴的道人。想必你会知医,如今有个疑难症候,你可医得么?(汉钟离唱)端详审(韵)。一任你稀奇病侵(韵)。何须那灵丹奇品(韵)。诸邪退(句)。(院子白)如果医得好,那谢仪非轻,俺这引进的,如何分肥呢?(汉钟离白)咳。(唱)俺斋粮货财难作引(韵)。(白)那谢仪呵。(唱)送任你作甚(韵)。(院子白)既如此,你看那门上挂着榜文,俺府内太师有病,要求海内名医。你今口出大言,何不揭了榜文,待我到府中禀一声,就请进相见。(汉钟离白)说得有理,仙方何必定参苓。(院子白)自有医来莫远寻。(汉钟离白)手到病除君莫异。(院子白)由来济世道人心。(同从下场门下)

第十四出

遣妖祟巧成好事

先天韵　昆腔

（杂扮二梅香,各穿衫背心,系汗巾,扶净扮吕用,戴巾,扎手巾,穿道袍,搭腰裙,从上场门上,唱）

【商调引】【忆秦娥】 星辰暗(韵)。一朝运退妖氛犯(韵)。妖氛犯(格)。术驱法逐(读),有谁能撼(韵)。无端黄口将人唉(韵)。填胸愧忿心怀憾(韵)。心怀憾(格)。膏肓深入(读),神医怎探(韵)。(中场设桌椅,转场入桌坐科,白)老夫吕用,自府中出了白毛怪兽,隐现无常,人人惊恐,任是法师,俱难遣退,老夫惊忧成病。昨又被那新科状元黄损小畜生,无原无故,弹了一本,好不凶狠。喜得圣上宽仁,不曾究问,止着罢相休致。单将我个得意门生单希颜,拿问定罪。那黄损簇新鼎元,又有军功议叙,晋爵封侯,皇上十分宠信。老夫切齿冤仇,莫能报复,因此益加气恼,病转沉疴,服药无灵,命在旦夕。适才门官来报,有一道人,口出大言,善能医治,且待他进来,看他如何,再做道理。(作伏桌科。杂扮一院子,戴罗帽,穿道袍,系鞶带,作引净扮汉钟离化身,戴巾,穿道袍,系绦,持拂尘,从上场门上。院子白)师傅这里来。(汉钟离唱)

【高宫只曲】【端正好】 非是俺做神人(句)。情偏滥(韵)。没来由他事承担(韵)。偶然间术戏神通胡谜唵(韵)。算都是人情淡(韵)。(作进门见科。院子从上场门下。汉钟离白)太师,贫道稽首了。(场上设椅,汉钟离坐科。吕用白)道人,你看我病体如何？(汉钟离白)自古医家，望闻问切，贫道不须问症，望气即知。太师神昏色暗，必为虚惊而起，并非风寒暑湿，七情六欲之灾，乃系妖孽为祟，只怕凶多吉少。(唱)

【高宫只曲】【叨叨令】则见你神儿色儿(读)，似这般朦朦胧胧的暗(韵)。少不得魂儿脉儿(读)，也则待沉沉冥冥的勘(韵)。使不着方儿药儿(读)，一味价重重叠叠的唉(韵)。都是那邪儿魅儿(读)，守住你朝朝昏昏的阚(韵)。兀的不断送了人也么哥(格)。兀的不断送了人也么哥(叠)。早把那棺儿椁儿(读)，安排着端端方方的殓(韵)。(吕用白)先生果有神见。但不知系何妖怪？(汉钟离白)大凡物久成精则为妖，反常则为怪。此则非妖非怪，乃系鬼魅为祟，有影无形。(吕用白)请问先生，系何鬼魅作祟？主何吉凶？(汉钟离白)据贫道看来，宅内阴气过重，必有妇女不宁，怨气作祟耳。(吕用白)可以知其人否？(汉钟离白)待贫道算来。(作掐指算科，白)其人系金命生年，来自西南，现居兑地，兑在府之正西。兑主金，其色白，其类兽。兑为少女，为妾，为口舌，为毁折，必时见哭泣之声，灾损之疾。祟即此人所招，大有妨于家主。(唱)

【高宫只曲】【脱布衫】算他那坤母土生长在西南(韵)。现来到兑西方住停居暂(韵)。怪则怪撞丧门凶遭不浅(韵)。正与他少阴命金星相犯(韵)。

【高宫只曲】【小梁州】那里要发似砾砂面带蓝(韵)。方认做鬼狰狞怕彼饕餮(韵)。便是他云容月态恁娇憨(韵)。追魂暗(韵)。难容你勒马停骖(韵)。(吕用白)先生，这祟可能灭除？(汉钟离白)只宜善退，不可恶除。金主干戈，若动杀机，其祸愈速。(吕用白)然则何为善退之法？(汉钟离白)只是又要害一无辜性命。贫道出家人，慈悲为本，此话如何说得。(吕用白)现在老夫性命要紧，望先生一言相救，即是慈悲。(汉钟离作不语。吕用作急求科。汉钟离作叹息科,白)我观太师,阳寿还不该绝,将来尚有复相之时。贫道便造些小孽,也说不得了。乞退左右。(吕用白)且暂回避。(二梅香从两场门分下。汉钟离白)太师,岂不闻人留则祟亦常留,人去则祟亦随去。太师若要病退身安,除非将此女转送他人,则其祸他人当之,太师可保无恙矣。(吕用白)先生之言是也,领教了。(汉钟离白)贫道告退。(吕用白)门官那里?快取金帛来谢先生。(二梅香仍从两场门分上,侍立科。汉钟离作笑科,唱)

【尚绕梁煞】俺仙家人早把这财物看来淡(韵)。不过幸相遇仙缘一旦(韵)。且弄着明月清风返道庵(韵)。(从上场门下。院子从上场门上,白)世间怪事年年有,不似而今相府多。禀太师,那道人出得门来,化阵清风,忽然不见。(从上场门下。吕用起,随撒桌椅,作大惊科,白)有这等事?适才所言,分明是神仙指示。性命要紧,那裴玉娥,万万不可存留了。我想深仇宿怨,止有状元黄损,正思报复无门,何不竟将此祸,移于此人,明则与他修好,暗则害他性命。不特老夫病退身安,且出了这口恶气,岂不快哉!主意已定,明日一面差人去说,一面就打发裴玉娥起身,送上他门,不怕不即时收下也。鬼祟凭人不可当,一朝遣去快非常。祸移灾退冤仇报,始信仙家有妙方。

(二梅香扶吕用,从下场门下)

第十五出

凑天缘团圆奇幻

江阳韵　弋腔

（副扮瘸老,戴沙锅帽,穿青素圆领,系鸾带,拄拐杖,从上场门上,唱）

【正宫引】【燕归梁】数载奔驰道路忙(韵)。今日里(读),谢穹苍(韵)。东人平地姓名扬(韵)。门户整(读),绍书香(韵)。(白)俺瘸老儿,自前找寻主人不着,从滇南直到金陵原籍。忽见登科录上,竟有相公名字,忙到都中相见。原来亏了金相公,湘阳相遇,劝同进京,代他援入国学,中式北闱。今春殿试,高中头名状元,方不枉先太老爷书香一脉。又值军功议叙封侯,好不荣耀。只听说那裴玉娥,竟被广西巡抚,强娶为妾,不从守节而死。如此看来,那小娘子原非娼妓可比,俺老爷当日眼界不差。所以传胪之时,一得面圣,就将广西巡抚参了一本,随即奉旨拿问。连他那座主吕太师,也轻轻带吊了一个相位,实乃快活燥皮之事,不枉做节妇义夫。但老爷钟情过甚,竟要守定前盟,终身不娶。我想不孝有三,无后为大,怎奈劝他不从。喜得金相公,被俺老爷认为亲弟,留在府中,一切事体,皆其照管,府中皆呼他为二爷。连那陆船家,也来到此。俺三人常常商议,等老爷悲伤少定,便大家苦苦劝他,寻一姻亲,以全宗祀。然后我瘸老儿,诸般放怀得下了。道犹未已,那边陆折半早来到也。(从下场门下。丑扮陆铁汉,戴罗帽,穿道袍,系鸾带,从上场门上,唱)生涯风水原无定(句)。新倚托大门墙(韵)。

衬高脚底帽增长(韵)。添几寸(读),凑来量(韵)。(白)自家陆折半是也。自去年装黄老爷、金相公,岳州回来之后,又装了一船客货,到洞庭湖里,遭风坏了船,喜得不曾伤了性命,只是穷困无归。听得黄老爷高中头名状元,又封了侯爵,在京做官,十分得意,因此到京相投。喜得他不忘旧,将俺留在府中,并不以下贱看待。俺夫妇无儿无女,且落得依托着他,吃些下半世现成茶饭,却不是好?(瘸老从下场门上,作相见科。陆铁汉白)老哥,今日老爷入朝,还未回来,和你在这府门前闲叙闲叙,有何不可?(瘸老白)说得有理。(同从下场门下。杂扮院子,戴罗帽,穿道袍,系鸾带,从上场门上,唱)

【正宫引】【七娘子】一朝失去威风丧(韵)。早分开玉钗娇样(韵)。便是俺做家人的颜面无辉(句)。(白)记得古人说得好,赔了夫人又折兵。俺老爷今日呵。(唱)折他兵将(韵)。那夫人还待来赔上(韵)。(白)自家吕府门官是也。想起俺吕太师来好笑,那美人裴玉娥,楼中第一个绝色,自己不曾受用一夜,忽然要将来送与那状元仇家,敢是为那一本参的凶狠了。这裴玉娥乃是单爷进来的,如今单爷拿问,恐怕还有沾染不成?不要管他。奉他之命,且去走遭。来此已是,那个大叔在此?(瘸老、陆铁汉从下场门上,白)是那个?(院子作背科,白)好货,而今又是一般行时的来了。大叔,俺是吕府中来的。俺太师多多拜上状元,因在病中,不能亲贺,特以千金,选得美女一名,送上状元爷,侍奉巾栉。一者谢罪,二来修好。(瘸老白)俺老爷朝中尚未回来。(院子白)这等,状元爷回朝,转烦二位禀声。那妆奁和美人,随后就到,我自先回太师话去也。(瘸老白)虽承太师美意,但俺老爷收与不收,还未可定,你且少待讨信。(院子白)太师爷盼咐,特地送来,定要状元爷收的,那美人已经打点上轿起身了。正是好备香车迎粉黛,安排银烛照红妆。(从上场门下。瘸老、陆铁汉白)这个人还是作耍,还是果然。怎么说也没说妥,就将那妆奁美女,齐送上门来。且先回过二爷,等老爷回来好作商议。

二爷有请。(生扮金白焕,戴巾,穿道袍,从下场门上,唱)

【正宫引】【梁州令】嘤鸣承视比鸳行(韵)。奈鹏鹄无双(韵)。数番几谏动情伤(韵)。功名虽已显(读),终懒意(句)。凤求凰(韵)。(中场设椅,转场坐科,白)你们有何话说?(瘸老、陆铁汉白)适才吕府有人到此,奉太师之命,说道病中不能亲来贺喜,特以千金,选得美女一名,送与老爷。一来谢罪,二来修好。小人们回说,老爷朝中未回,收与不收,尚未可定,教他守着回信。他说那美人已经打点上轿起身,和妆奁随后就到,说罢竟自去了。(金白焕作惊科,白)就是好意送来,也不应如此急迫,这是甚么缘故? 老爷尚不知道,设或送上门来,如何是好? 你可着人打听,老爷一下朝来,便请速回商议,再做道理。(瘸老、陆铁汉白)二爷说得有理。(金白焕起,随撤椅科,白)正是皂白不分鲢共鲤,水清方见两般鱼。(同从下场门下。杂扮四卒,各戴马夫巾,穿箭袖卒褂,引生扮黄损,戴貂,穿蟒,束带,执彩鞭,从上场门上,唱)

【正宫引】【喜迁莺】佳人何往(韵)。总恨雪眉头(读),愁在心上(韵)。冷月寒烟(句)。白云红树(句)。看来总是凄凉(韵)。荣幸有缘相□(句)。富贵何心独享(韵)。拚此世(句)。把孤衾独拥(读),忍负伊行(韵)。(四卒从上场门下。金白焕从下场门上,作相见科。黄□科。场上设椅,各坐科。金白焕白)哥哥退朝回来了,可知道今日有一桩奇事?(黄损白)有何奇事?(金白焕白)就是那吕太师,忽然差人来说,病中不能亲来贺喜,特以千金,选得美女一名,奉侍巾栉。也不等哥哥回朝,收与不收,就说在今日一刻送来,你道此事奇也不奇?(黄损作惊科,白)呀,这厮有何好意,一定有甚美人计,要将我来陷害了。(唱)

【正宫正曲】【双鸂鶒】听说罢教人悒怏(韵)。他同吾仇比海样(韵)。

定是把妖魔诡计(读),要将吾轻丧(韵)。(金白焕白)那厮谄媚小人,或因哥哥新贵得君,欲来弃怨修好,也未可知。(唱)反覆事(读),任世情未能意量(韵)。(合)且不须发怒嗔故将人冲撞(韵)。(白)小弟愚见,且看他来意。如果实心求好,哥哥现在婚姻未定,何不权且收下。一来暂侍房帏,二来可延宗祀,不知哥哥意下如何?(黄损白)咳,兄弟差矣。那玉娘为单希颜逼迫亡身,吕用乃单贼座师,藉其权势,方敢横行。是单希颜固玉娘之仇,而吕用亦玉娘之仇也。玉娘为我守节而死,我方愿终身不娶,以报此情。怎反将他仇家所馈之女,公然成起亲来。(唱)

【又一体】他之死媲共姜(韵)。假使吾别效鸾凰(韵)。还逃不过亏心短幸(读),恐教他魂魄凄凉(韵)。怎忍与大仇(读),结好事自图意畅(韵)。(作掩泪科,白)俺那玉娘呵!(唱,合)兀的不酷深莫解悲泉壤(韵)。(白)兄弟,你可吩咐把门的,若送亲人到,即便打发回去,不许容他进门。正是不入耳言原厌听,恼人心事总休题。(各起,随撤椅。黄损从,从下场门下。金白焕白)看他执意如此,怎生是好?且等送亲人来,再做道理。(从下场门下。老旦扮薛氏,穿老旦衣,扎花帕,系花帕,从上场门上,白)忙将天外飞来喜,报与人间得意郎。老身薛氏,因女儿玉娥,亏了玉狮,保全性命。前闻今科状元,竟是金陵黄损,心中暗喜。正愁音信难通,不意那太师病重求医,来了一个道士,不知听他甚么言语,忽然要把俺女儿,倒赔妆奁,送与那状元为室,岂不是天从人愿。但适才抬送妆奁人来,回说那状元不肯收留。想是黄郎,不知我女儿下落,老身恐有中变,只得飞舆前来,先与他说明就里,必然欣喜依从。来此已是状元府,不免径入。(陆铁汉、瘌老从下场门上,白)长短凭人讼,高低任我行。(陆铁汉作见薛氏惊科,白)呀!你是薛阿妈?(薛氏白)原来陆家长,也来在此处。(瘌老作细认科,白)我想这妈妈有些面善,原来就是那薛小娘子的令堂。一向那里?(薛氏白)俺一向在吕太师府中,今特来与小女送亲。(瘌老白)你女儿死了,如何又有一个女儿来?(薛氏白)俺女儿并不曾死,只怕此话不实。(陆铁汉白)这是我亲眼见的,如何不实?(薛氏白)这里不是说话处,快去报知老爷,自然明白。(陆铁汉作背科,白)这又奇了。难道人时运一来,连死了的人,又会活转来的?(瘌老白)老爷有请。(黄损从下场门上,白)自怜心内愁思拥,翻怪堂前笑语多。(中场设椅,转场坐科。瘌老白)禀老爷,薛阿妈要见。(黄损白)那个薛阿妈?(瘌老白)就是那裴小娘子的母亲。(黄损作惊科,白)他一向在那里?俺正要见他,快去请来。(瘌老作请薛氏科。薛氏作进门科,白)状元老爷那里?老身叩头。(黄损起,作急扶起科,白)妈妈怎行此礼。可怜我那玉娘妻呵。(作哭科。薛氏白)老爷休伤,俺女儿并不曾死。(黄损作大惊科,白)怎怎么说,你女儿并不曾死?(薛氏白)俺女儿不但未死,还有天大喜事,报知老爷。(黄损白)有有何喜事?快快说来。(场上设椅,各坐科。陆铁汉、瘌老从下场门下。薛氏白)听禀。(唱)

【正宫集曲】【倾杯赏芙蓉】〔倾杯序首至五〕别后孤帆下岳阳(韵)。平白遭魔障(韵)。(白)小女呵。(唱)似失水鲜鳞(句)。铩羽羁禽(句)。已拚玉碎楼前(读),魄葬江乡(韵)。〔玉芙蓉四至末〕无端感得仙灵相(韵)。授宝全节免丧亡(韵)。(黄损白)那单贼强将令爱劫去,令爱守志不从,被他监禁在岳阳楼,下官久已访知备悉。但才说无端感得仙灵相,授宝全节免丧亡,这是怎么讲?(薛氏白)当日我女儿拘禁在岳阳楼上,忽有仙女,化做渔婆,将一个玉狮扇坠儿,授与小女,教他紧佩在身。说道急难之时,自有救应,日后夫妻重会,不必轻生。(黄损作起背惊科,白)呀,下官当日的玉狮扇坠,曾在舟中化作神狮,倏然不见,怎么这神仙也有一个玉狮扇坠?(坐科,白)且问妈妈,令爱可曾依他言语,佩此玉坠,后事如何?(薛氏白)那巡抚将小女进与吕太师,派在第十二院留仙楼内,称为美人,订期强逼成亲。小女正待急寻自尽,谁知太师方进院中,忽然见一白毛怪兽,现形跃出,登时将那太师吓退,因此小女性命得全。(黄损作惊科,白)有这等事,后来?(薛氏白)那怪兽忽隐忽现,吵得他家中大小,日夜不宁。太师着那一惊,染成一病。又遇神仙化做游方道士,不知对他说些甚么言语,他便将我女儿,欣然送与状元。这岂不是玉坠显灵,神仙点化,而今果应其言了。(黄损作大喜科,白)原来如此。(薛氏白)状元呵。(唱,合)诚意外(句)。喜还从天降(韵)。似当年分开比目(读),今日得成双(韵)。(癞老、陆铁汉从下场门上,作窃听暗喜科。黄损唱)

【正宫集曲】【朱奴插芙蓉】〔朱奴儿首至六〕感仙人将痴情鉴将(韵)。仗异兽显灵潜相(韵)。(白)去年下官找寻到岳阳楼下,见江滩上新坟一座,碑碣上写着"爱姬玉娘之墓"。都说是单贼上任时留下,却是为何?(薛氏白)闻得那巡抚有一爱妾,名唤玉莲。于路得病,死于舟中,就埋在岳阳楼下。(黄损白)如此说来,下官昔年那一副痛肠血泪,岂不干折了也。(癞老、陆铁汉作虚官模科,同从下场门下。黄损唱)笑错唤苏卿泪相向(韵)。反向那鬼冤家酒浆空享(韵)。险误认新坟上(韵)。化韩冯魄双(韵)。〔玉芙蓉末一句〕怎知道有佳人(读),而今再爇断头香(韵)。(金白焕从下场门上,白)人世团圆巧,仙家作合奇。(黄损、薛氏起,随撤椅科。金白焕白)哥哥恭喜贺喜。兄弟听得分明,实乃吉人天相。新人已将到门,快去打点迎亲。(黄损白)妈妈请进。换了大衣。(薛氏从下场门下。黄损白)兄弟,可吩咐家人,俱以院君相称,小心伺候。(从下场门下。丑扮傧相,戴傧相帽、簪花,穿傧相衣,披红,从上场门上。金白焕白)就请新人。(傧相应科。金白焕从下场门下。傧相作赞科,白)几年离别恨难磨,沦落英雄事若何。今日画堂双凤合,方知扑桂近嫦娥。请状元荣升。(内作乐。杂扮四院子,各戴罗帽,穿道袍,随黄损披红,从下场门上。傧相又赞科,白)烟花虽贱独留芳,冰比清兮玉比刚。受尽艰危缘自合,画眉人是状元郎。请新人缓步。(内作乐。杂扮四梅香,各穿衫背心,系汗巾,扶旦扮裴玉娥,□凤冠,穿蟒,束带,从上场门上。傧相

卷下　121

赞礼,同作交拜科,傧相从上场门下。场上设桌椅、杯盘,各坐科。众同唱)

【正宫集曲】【普天带芙蓉】〔普天乐首至合〕锦屏开珠帘敞(韵)。仙音奏银灯晃(韵)。响当当佩下瑶台(句)。香烟馥瑞满华堂(韵)。无边喜似从天降(韵)。不意天台忽把桃花放(韵)。恰相逢两度刘郎(韵)。思奸贼徒空暗伤(韵)。〔玉芙蓉末一句〕那知遇蓝桥(读),于中自捣旧琼浆(韵)。(黄损、裴玉娥起,随撤桌椅科。黄损唱)

【不绝令煞】 乍相逢算不了相思账(韵)。(裴玉娥唱)只落得效尽于飞乐欲狂(韵)。(黄损唱)怎能勾一刻千金同宴赏(韵)。(四院子从上场门下。四梅香同黄损、裴玉娥从下场门下)

第十六出
收至宝指示昭明

先天韵　弋腔

(净扮汉钟离,戴钟离发额,穿钟离衣,持拂尘,从上场门上,唱)

【南吕宫引】【三登乐】 世界三千(韵)。尽本钟灵根不浅(韵)。奈冤牵每朝自缠(韵)。倒不如羽毛中(读),鳞介内(句)。倒有个佛性仙缘(韵)。便无知木石(句)。也升仙不远(韵)。(中场设椅,转场坐科,白)六根清净无些障,五蕴皆空绝点瑕。撒手不迷金境界,回光返照是吾家。俺汉钟离,自与黄生裴玉娥,作合姻缘,又拚一日夜工夫,去到洞庭湖,将那龙女点化前来,再把这玉狮收入仙山,做一个圆满功德,却不是好?道犹未了,龙女早来至也。(旦扮龙女,戴过梁额,穿衫氅,系绦,执拂尘,从上场门上,唱)

【南吕宫引】【上林春】 辞别龙宫(句)。归来仙院(韵)。从人道元门早炼(韵)。脱离异类凡胎(句)。一样苍云驾遣(韵)。(作相见科。场上设椅,各坐科。汉钟离白)龙女到来,你看黄生夫妇,今夜成亲,好不得意也。(汉钟离、龙女同唱)

【南吕宫集曲】【绣带引】〔绣带儿首至五〕则为他恁痴情可见(韵)。不由俺仙家的做意周全(韵)。不争个凤友鸾交(句)。都缘是一意牵连(韵)。缠绵(韵)。〔太师引五至末〕论夫妻世上虽不鲜(韵)。但恩情乱邪须辨(韵)。(合)是情操定玉洁冰坚(韵)。不辜了(读),风流万古名传(韵)。(内作鸡鸣科。汉钟离、龙女各起,随撤椅科。汉钟离白)早已鸡鸣漏尽,那一对新人,好出洞房来也。我和你为他一片苦心,不免略示神奇,使他知道。(龙女白)说得有理。(从下场门下。生扮黄损,戴貂,穿蟒,束带,袖帕,携旦扮装玉娥,戴凤冠,穿蟒,束带,挂玉狮坠藏衣内科,同从上场门上。黄损唱)

【南吕宫集曲】【懒针线】〔懒画眉首至三〕春葱携定并香肩(韵)。看他翠黛犹颦倚镜前(韵)。(作代整妆科,唱)鸾钗半压鬓云偏(韵)。〔针线箱三至末〕恁娇羞春透桃花面(韵)。(袖出帕看科,唱)藏画烛素罗偷展(韵)。似这等海棠蕊上红犹嫩(句)。可知道豆蔻苞中色更妍(韵)。(裴玉娥作羞态夺科,白)羞答答的,还不藏过了。(黄损笑藏袖科,白)想夫人幼在烟花,生长十六岁。后来又为强暴所胁,陷入权门,竟能保全得千金之体,完然无恙。怎教下官今日,不益发生爱生敬也。(唱,合)芳心敛(韵)。任蜂狂蝶浪(读),终无分易把春沾(韵)。(场上设椅,各坐科。黄损白)夫人的筝声,近来想越发精妙了。(裴玉娥白)妾自郎君别后,只为知音不在。若不重会,誓不再弹,已将那筝丢去了。(唱)

【正宫集曲】【醉宜春】〔醉太平首至七〕凄然(韵)。叹生来鄙贱(韵)。喜才郎相遇(读),又无奈运值迍邅(韵)。(白)想当日呵。(唱)当岳阳楼畔(韵)。望滇南目断晴川(韵)。(白)若非玉狮有灵,奴家早已死在九泉,今日也不能与郎君相见了。(唱)神仙(韵)。亏他将玉狮仙坠暗中传(韵)。〔宜春令六至末〕强留得一丝残喘(韵)。(合)喜今日(读),知音再觏(句)。复把这银筝重按(韵)。(黄损白)正要动问夫人,下官原有祖传玉狮扇坠一枚,常佩在身。昔年汉阳舟中,与夫人相遇,囊乏千金,思量将他出卖。谁知那玉坠成精,下官梦寐之中,只见一白狮,向我点头作别,腾空而去。及至醒来,寻找那坠,已不见了。怎么神仙赠与夫人的玉狮扇坠,也是这般灵异。夫人快取来与我一看。(裴玉娥白)此坠妾身藏于衣带之内,时刻不离,在此,请看。(作解坠付黄损科。各起,随撒椅科。黄损作看惊科,白)呀,这这就是下官传家之宝,昔年在舟中失去的,这腰间红丝系儿尚在。原来被神仙收去,送与夫人。又这般威灵显应,成就了你我一段姻缘,好不奇怪也。(裴玉娥作惊叹科,白)原来此坠,就是君家之宝。而今又随妾身,原归旧主,此事岂不越发奇异了。(黄损唱)

【南吕宫集曲】【锁窗绣】〔锁窗寒首至合〕只道他无端的弃寒儒一去无边(韵)。谁知他伴我佳人度岁年(韵)。保持伊(读),一块玉再种蓝田(韵)。似龙津会合(读),一对仙剑(读)。(裴玉娥白)怪道郎君,昔年慨许千金为聘,后又不别而行,想就为此坠忽然不见了。(黄损白)然也。(裴玉娥白)但郎君那时,何不明言?(黄损白)如此怪异之事,谁肯信以为实,说出来反要讨人笑话了。(裴玉娥白)笑话你怎么?(黄损唱)须笑我客囊空许金全欠(韵)。〔绣衣郎合至末〕反去掉虚脾(读),故将人哄骗(韵)。掉虚脾(读),故将人哄骗(叠)。(裴玉娥作笑科,白)这也说得有理。但今良缘复合,故物重逢,此坠之功,却也不小。今日闻得圣旨到来,你我冠带了,预备迎接。正好公服在身,何不大家望空拜谢他一番。(黄损白)夫人说的是。玉狮请上,受我夫妇一礼。(同作跪拜,将玉狮扇坠入地井科,同唱)

【南吕宫集曲】【大节高】〔大胜乐首至三〕亏因你破镜重圆(韵)。谢成功应不浅(韵)。不枉了将伊宝爱无轻贱(韵)。(作虚官模科,内锣鼓,场上预设云机。汉钟离袖束帖,龙女同从下场门上,各上云机,立地井,出火彩。杂扮白狮,穿狮形切末,系汗巾,从地井上,跳舞毕,从下场门下。二仙掷束帖于地科,同从下场门下,随撒云机科。黄损、裴玉娥同作惊望科,白)呀,一霎时红光起处,结成五色祥云。那玉坠呈现狮形,腾入半天,早有两位仙人,在上接应,好不奇异也。(唱)〔节节高四至末〕他踏着红光焰(韵)。上半天(韵)。奇形变(韵)。早见霞衣鹤氅云端现(韵)。祥云乱落香风片(韵)。(合)一个黑须红面道衣鲜(韵)。一个玉颜宝髻仪容艳(韵)。(黄损白)你看两位仙人,和那玉狮,渐渐隐入云中,一霎时就不见了,那半空飘下一件甚东西?(作拾柬帖科,白)原来是一张柬帖,上面金字数行,待我念来,"由来节义总情纯,人为情痴物亦灵。蓬岛钟离收异兽,洞庭龙女授凡人。奸雄夺魄希延命,烈女全名竟保身。欲把祸移寻怨主,反教连理转回春"。(裴玉娥白)当日那渔婆,将玉狮扇坠授我之时,原说是洞庭龙女,奉钟离祖师之命而来。(黄损白)如此看来,那吕用医病的道士,一定便是钟离了。柬帖后写着,"欲把祸移寻怨主,反教连理转回春",分明说吕用因为夫人招祟不详,欲把祸移于下官,以报他被劾之仇。怎知反成全了我们姻缘好事,岂不都是那仙人作合么?到明日觅一高手画师,将钟离祖师,和那洞庭龙女宝相,绘成轴,供养在洞房深处,和你朝夕礼拜便了。便是这玉坠呵。(唱)

【南吕宫集曲】【东瓯莲】〔东瓯令首至六〕本不是人间宝(句)。今日遇正仙(韵)。共驾云霞返洞天(韵)。成就俺百年好会同欢忭(韵)。似游戏把神通演(韵)。偏教他仇家来把赤绳牵(韵)。〔金莲子末一句〕怎知道喜驱愁祸成祥(读),恶姻缘原是好姻缘(韵)。(杂扮院子,戴罗帽,穿道袍,从上场门上,白)禀老爷,旨意下了。(黄损白)香案伺候。(院子应科,同从下场门下。杂扮四卒,各戴马夫巾,穿箭袖卒褂,持仪仗,引外扮安毅,戴貂,穿蟒,束带,捧旨,从上场门上,白)已道喜从天上至,又逢恩向日边来。(四卒从上场门下。杂扮八院子,各戴罗帽,穿道袍。杂扮八梅香,各穿衫背心,系汗巾。同黄损、裴玉娥从下场门上,同跪迎进门科。安毅作宣旨科,白)圣旨已到,跪。(众作跪科。安毅白)听宣读,诏曰:"节义乃人道之大纲,旌扬实朝廷之大典。尔翰林院修撰加封侯爵黄损之妻裴氏,抚于娼室,似污泥而出清涟。胁入权门,如疾风之知劲草。镜既剖而复合,钗已断而仍连。会合虽本乎天心,钟情实由于人事。今勅封尔为一品夫人。于戏,义夫节妇,允堪末俗仪型,异赉洪恩,惟愿民风丕振"。钦哉谢恩!（同叩,呼万岁起科。黄损作接旨,付一院子,院子作接科,送下,随上。安毅白）老夫打听得吕府送来亲事,就是贤侄意中美人,惟恐奸相得知,又生他变。故此奏明圣上,讨得夫人封诰到来,从此安然无事,自可百岁同偕矣。（黄损白）年伯大德成全,有加无已。小侄夫妇,何以克当？（各虚白科。黄损夫妇作送科。四卒从上场门暗上,作引安毅从上场门下。黄损白）这是天子圣明,大家一同望阙谢恩便了。（裴玉娥白）有理。（同作叩拜科,众同唱）

【尚按节拍煞】洪濛另辟开生面(韵)。似这般般的人物尽可传(韵)。(起科,众同唱)还愿他花面回心成好颜(韵)。(同从下场门下)